KB203231

대중가요

창작 서정 가사집

여울물 그리움

|시와
정신|

책머리에

노래를 5시간여 하고 나니 배에 힘도 없고 배도 고프다. 잠시 캔 맥주 한 잔으로 허기를 달래는데 문득 내 노래도 한 곡 정도 있으면 좋겠다는 생각이 들었다.

글을 쓰기 시작했다. 심심풀이로 간단하게 생각했던 것이 막상 덤벼들어 보니 어려움은 설명할 수 없을 정도다. 2년여의 세월이 흐르니 180여 편이 되었다. 좋은 내용의 글을 쓰려고 부단히 노력했지만 생각뿐이다. 너무 가혹한 혹평 보다는 적절한 격려의 조언을 기대하는 건 욕심일까?

본서를 발간할 수 있도록 검토하고 기획해 주신 박영환 교수님과 김완하 교수님께 감사의 마음을 표한다. 또한 글을 다듬고 책으로 만들기 위해 수고해 주신 『시와정신』의 모든 분들께 고맙단 인사를 드린다.

서로들 글에 관해선 문외한이었지만 그래도 일반인들의 감성에 관해 토론하고 글에 관한 평을 해준 아내 황초옥과 자 경민 자부 이은경 여 현정이에게도 고맙단 말을 하고 싶다. 본서는 가족이 함께 노력한 결과물이다.

기억할지 모르겠지만 노래 제목은 물론 가사까지 써서 극성스러울 만큼 도와주고(?) 재롱으로 피로를 풀어 준 손녀 이나린(9살) 손자 지성(7살) 손자 호성(6살)이에게도 고마운 마음을 기록으로 남긴다.

끝으로 이 글이 작곡되지 않는다 해도 재미있는 읽을 거리가 되었으면 하는 바람을 가져본다.

2018년 11월
이 훈 무

설명

1. 띄어쓰기와 관계없이 1절과 2절의 단어 간격을 맞추기 위해 가로줄로(-) 처리했다.

〈목 차〉

001. 사랑이야기

날 피하려 하지 마

반짝이는 은하수 바라보며

별들의 사랑이야기 해 줄 거야

인생이 유한한데

사랑이라고 영원할까만

일부러 짧다고 말할 건 없잖아

세월 간다고

별 빛이 흐려지진 않아

사랑하는 일이 쉽진 않겠지만

사는 동안 한 번은

별 같은 사연을 갖고 싶어

내가 가슴 아파 하는 건

너를 안고 사랑이야기 들려주다

세월이 이야기를 지우고

나도 지우고

모두 흔적 없이 사라지게 되면

사랑 이야길 더 해 줄 수가 없잖아

그게 슬프고 서러워

002. 아이가 물었다

아이가 태어났다

세월 먹고 세월 따라 자랐다

초등학생이 되었다

어른들이 말했다

부모님 말씀 잘 들어야 한다

그래야 훌륭한 사람 된단다

중학생이 되었다

어른들은 또 말했다

공부 열심히 해야

훌륭한 사람 된단다

아이는 학교에 학원에 묻혀 살았다

소원이 생겼다 잠 한 번 마음껏 자고

친구들과 공을 차며 뛰어 놀고 싶었다

아이는 어떤 소원도 이룰 수 없었다

함께 놀아 줄 친구가 없었다

지친 아이는 어른들께 물었다

어떤 사람이 훌륭한 사람인가요

말 못하는 어른에게 다시 물었다

어떤 사람이 훌륭한 사람인가요

003. 슬픈 그림자

한밤 촛불로 어둠을 밀어낼 때

들리던 벌레울음 뒤 짧은 침묵으로

눈물로 미루던 이별은 유산되었네

무산된 이별로 숨긴 정 다시 피지만

엇-갈린 인연에 마주 서서
못 맺을 인연을 슬피 우는

노을에 야위는 우리 슬픈 그림자여
노을에 비춰진 우리 슬픈 사랑이여

뿌리치지 못한 정의 현란한 유혹에

뜨거운 애정은 끝없이 맴도네
아쉬운 미련은 한없이 맴도네

아아 어떡하라고 어떡하라고

004. 잊어야지

이젠 남남인 사람 잊어야겠지만
이젠 남남인 사람 지워야겠지만

추억이 생생하게 살아 있는데
미련이 마음결을 싸고 있는데

바람처럼 아쉬움이 사라지려나
피어나는 그리움이 잊혀지려나

꿈에선 보고 싶은 사람 만나

사-랑을 속삭이며 행복했지만
못 다한 그리움을 투정하지만

언제나 이별의 야속함에 울었네
언제나 이별로 서글프게 울었네

그리움과 서운함이 교차하지만

한 때는 가슴으로 사랑한 사람

밉기 전에 밉기 전에 잊어야지

005. 바람 불면

이별 인사하며 돌아선 너보다

아침부터 내리는 비가 더 밉구나

오늘처럼 비 내리고 바람 불면
오늘처럼 눈 내리고 바람 불면

두근-대는 가슴이 그리움이겠지
설레 이는 마음이 그리움이겠지

어둠이 촘촘한 밤이라고 다를까

밤하늘 별들이 저렇게 총총한데

그리움 어찌 피어나지 않겠나

날 떠난 맘 미워할 시간 많으니

그리움 필 땐 그냥 그리워할 수밖에

그리움 필 땐 그냥 그리워할 수밖에(후렴)

006. 그래도

밤하늘 별처럼 멀리 있어야

크게 소리쳐 부르는 거 아닌가요

달려가도 닿지 않는 곳에 있어야

그리워하는 거 아닌가요

그대는 멀지 않은 곳에 있고

언제든 만날 수 있는데

그래도 그댈 크게 외쳐 불러야 하나요

그래도 그리워해야 하는 건가요

하지만 그래도 큰 소리로 부르고 싶고

그래도 난 그대가 너무 그리워요

007. 세상 끝까지

기다려도 기다려도 오지 않으면

이대로 돌아서진 않을 거야

언제나 가슴에 별처럼 반짝이며

그리움으로 잡아 두는 그대여

널 잃고 한 맺힌 속울음 울진 않겠어

생각이 많으면 아무 것도 안 보여

하지만 사랑은 언제나 그곳에 있지

오직 너만 생각하며 뜨거운 가슴 안고

비바람 헤치고라도 널 찾아갈 거야
눈보라 헤치고라도 널 찾아갈 거야

세상 끝까지라도 갈 거야

008. 잊혀진 꿈

그대와 행복한 꿈은 날아갔어도

옛날이 생각나 기억을 더듬네

추억은 잊혀진 꿈처럼 지워졌고
추억은 던져진 돌처럼 사라졌고

재미삼아 홀로 꿈을 그려보지만

그때는 왜 그렇게 슬퍼했을까

창밖에 쏟아지는 빗줄기를 보다가

어리는 그대의 빛바랜 모습
어리는 그대의 퇴색된 모습

그대와의 인연은 흔적도 없지만
그대와의 사랑은 흔적도 없지만

그래도 그댄 여전히 살아있는 옛 사랑

009. 무심한 사랑

가슴 가득 채워도 더 채우고 싶은

비어지는 그리움이 아픕니다

여자의 순결한 순정을 바친 사랑

그리움 다 태워 하얀 재로 흩어져

비어진 허허로운 가슴은

당신을 한 없이 소망케 하지만
당신을 한 없이 그립게 하지만

한 마디 말도 없이 떠난 사람아

참으로 무심한 사랑을 하였습니다
참으로 무정한 이별을 하였습니다

어차피 사랑이 영원하지 않겠지만

내 그리움도 여기서 끝내렵니다

010. 숨었던 미련

너의 마음 내게서 거두어갔어도

흩어진 추억은 노을 끝에 맴돌고

숨었던 미련은 그리움 부르네

세상은 모두 잠들고 달빛도 흐린데

너의 모습은 왜 이리 선명한가

가슴에 남은 너의 맘 하나 없어도
나에게 남긴 너의 정 하나 없어도

나는 네가 못 견디게 그립다

아아 너만을 사랑했는데

이렇게 이별하긴 정말 아쉬워

011. 오해

봄비 짚재처럼 가라앉으면

달빛은 벚꽃을 하얗게 비춘다

달콤한 입맞춤 한 번 없었기로

사랑이 없어서라고 생각했는가

여인의 순결을 고이 지키려는 맘

정녕 그렇게도 몰랐었던가

아아 안타까운 사람아

세월이 꽃잎처럼 내려앉아도

하나도 못 버린 지난 추억들

아쉬움만 쌓이고 또 쌓인다

아쉬움만 쌓이고 또 쌓인다(후렴)

012. 미련 남기면

머지않아 떠나는데 사랑을 남기면

떠난 사람 아프게 그리울 거라며

눈시울 적시고 먼 산만 보던 여인

사랑 싫은 여인은 어디-에도 없지만
사랑 받는 여인은 싫은 맘이 없지만

미련 남기면 떠난 사람도 슬픈 걸

사랑 끊긴 슬픔을 당신은 모른다며
사랑 잃은 설움을 당신은 모른다며

방울 방울 눈물 맺힌 애수의 눈망울

흐른 눈물 닦지 않고 미소 짓던 여인아

아아 차라리 그대로 흐느껴 울어라

013. 겨울비

찬바람 겨울비가 가슴을 적시던 날

너무 사랑하기에 떠난다는

싯구절 같은 이별 노래 한 마디로

사랑 따라 오가던 정 거둔 사람아
이별 따라 주었던 맘 지운 사람아

한 때는 뜨겁게 사랑했잖은가
한 때는 서로가 좋아했잖은가

애타게 가슴 태우며 그리워했는데

너에게 내 진심은 닿질 않았나

아아 야속한 여인아

가슴이 너무 아파 눈물이 다 나네

014. 첫 키스

밤하늘 은하수를 무심히 보다가

문득 난 이제 어떤 사랑을 할까

세상이 모두 잠든 청결한 고요는

우리 사랑을 고민해야 하는데
피는 그리움 행복함에 젖는데

갑자기 잠든 널 왜 부르게 하는가

널 알고부터 세상은 달라졌고
널 알고부터 인생은 달라졌고

첫 키스는 가슴을 뭉클하게 했지만

행복한 생각에 그리움 피어나기로

깊이 잠든 널 왜 깨우게 하는가

015. 긴 밤이여

그리워도 그리워도 또 그리워도
보고파도 보고파도 또 보고파도

아쉬움 달래며 잠을 청하네

꿈결에도 그리움에 베갯잇 젖고

마음은 밤마다 너의 창가를 맴돌다
가슴은 보고픈 너의 모습을 그리다

길게 흐르는 유성처럼 스러지네

그리움은 그리운 보고픔 서두르는데
보고픔은 조급해 촌각을 서두르는데

어둠은 야속하게 장성처럼 길까

아아 긴 어둠 기-인 밤이여

아아 긴 어둠 기-인 밤이여(후렴)

016. 깊은 포옹

우린 어디서든 만날 수 있고

어떤 모습이든 사랑할 수 있지만
어떤 모습이든 그리울 수 있지만

사랑엔 힘든 고통도 함께 있어

아픔을 인내하며 널 사랑하는 건
어둠을 안아가며 널 그려하는 건

최고의 행복이 있기 때문이야

그대여 사랑하는 여인이여

차라리 우는 게 후련할 만큼

가슴 태워 후회 없는 사랑을 하자

우리가 삶의 끝에 닿-았을 때
나란히 삶의 끝에 서 있을 때

깊은 포옹으로 웃을 수 있도록

017. 어느 하루

달려가는 기차에 손 흔들어 주고
고속도로 달리며 손 흔들어 주고

마음껏 떠들며 웃고 소리-치다-가
무작정 달려서 공항 가고 싶던 날

술 한 잔 더하라며 권하고 마시고

한 잔 술 흥에 겨워 싸돌아-다니다
두 잔 술 기울-이며 호기를 부리다

머물지 못한 사람의 추억 더듬고

잊었던 사람들 못 견디게 보고파
흘러간 세월이 못 견디게 아쉬워

울적한 마음 통곡하며 울고 싶던

어느 하루 그런 날이 있었답니다

울적한 마음 통곡하며 울고 싶던(후렴)

어느 하루 그런 날이 있었답니다(후렴)

018. 그리움의 초

차 한 잔을 놓고 마주한 빈 의자

그댈 위해 비운 건 아니지만

어차피 오지도 않을 사람입니다

우린 서로의 가슴에 들 순 없지만

사랑으로 서로의 가슴에 담겼었지요

스쳐갈 만큼 짧은 만남이었지만

세상이 만든 선을 건널 수 없기에

우리가 마주 앉을 의자는 없습니다

가슴에 그리움의 초 하나를 켜지만

바람막이 없는 불이 얼마나 가려나

019. 청운의 꿈

사랑에 목마른 젊음의 갈증을

눈물로 안타까워하지 않기로 했어

두 손에 가진 것 없는 젊음이지만

널 사랑하는 한 부끄러울 거 없어

이제까진 기쁨보단 아픔이 컸지만

두 손엔 야무진 청운의 꿈이 있어

젊음은 자신 있게 젊음의 길을 가야 해

사랑에 도전하고 세상에 도전할 거야

풍파를 헤치며 사랑을 완성할 거야

020. 낙엽이 지면

아침 안개 아직 엷게 깔리고

발끝에 젖는 이슬 생명을 깨우네

부질없는 미련에 눈물 쏟아져

옷 갈아입고 공들여 화장을 합니다

낙엽이 지면 청춘도 지겠지

이제는 내 곁에서 멀어진 사람

그대의 체온이 손에 아직 남았지만

긴 밤 아쉬움에 얼마나 울었던가

이젠 그리움도 슬픔도 끝내렵니다

021. 너의 빈자리

실바람 살랑대며 벚꽃 날리면

거리의 꽃에 묻힌 추억 그립네

우리가 만나던 창 넓은 찻집

함께 앉아 웃던 너의 빈자리
마주 눈빛 보던 너의 빈자리

저 자리에 많은 미련을 남기고
저 의자에 많은 그리움 남기고

그렇게 정을 거두어야 했었나
그렇게 나를 떠났어야 했는가

아아 사랑이 슬픔이 되었구나

언젠가 다시 오리란 기대는

이제 그만 어둠에 묻어두련다

022. 내가 왜 이럴까

한 송이 꽃에 문득 그리움 피면

두서없이 떠오르는 지나간 추억

철새처럼 나란히 편집되진 못해도
철길처럼 나란히 정리되진 못해도

끊길 듯 끊길 듯 이어지는 추억은

왜 아쉬운 후회만 하게 될까

옷부터 갈아입고 거리로 나서지만

그 카페 그 자리엔 낯선 사람뿐

미련이 내 곁에만 맴돌기로
그리움 내 곁에만 맴돌기로

아아 왜 이럴까 내가 왜 이럴까

아아 왜 이럴까 내가 왜 이럴까(후렴)

023. 사랑 잃은 죄

갈바람에 진 낙엽 쌓인 오솔길

간밤에 피워낸 안개에 덮히고

강가에 뿌려진 추억마저 가렸지만

가슴에 맴도는 미련은 못 가리네

어쩌다 사랑 잃은 죄 미련이 서려

울먹이며 뒤척이던 긴 밤이여
그리움에 안타까운 긴 밤이여

떠나간 그대 모습 눈에 어리기로

눈시울 적시는 내가 안타깝구나
눈시울 적시는 내가 서글프구나

아아 잊으려 해도 생각나는 여인아

사랑했던 그대여

024. 사랑의 숨결

만나면 한 마디 말도 없이 있다가

헤어지고 돌아오면 열병 앓듯

왜 이토록 보고 싶어지는 걸까

곱게 수놓은 실 풀듯 떨리는 숨결

오솔길 위의 작은 발소리조차

나에겐 흘리지 못할 사랑입니다

나뭇가지가 울며 떨군 낙엽이

세월에 묻혀 계절을 넘어갈 때

우리가 처음 그리움 맺은 이곳에서

고운 사랑의 숨결을 기다립니다

025. 날 사랑해도

깍지 낀 손끝에 느껴지는 체온은

너와 나만 아는 사랑의 밀어

손으로 속삭이고 눈으로 대답했지

내 마음 너에게 간지 이미 오래고

네가 남긴 그리움이 새벽을 깨우면

밤새 뒤척이던 손끝에

아련하게 느껴지는 너의 체온

아아 그리워해도 그리운 사람아

네가 날 사랑해도 난 네가 그립다

026. 독백의 슬픔

별처럼 많고 많은 사람 중에

그대 한 사람만 잊을 수 있다면

어둠의 촛불처럼 맘이 진정될 텐데

이젠 가까이 갈 수 없는 그대

가슴 버거운 그리움입니다

잠들었던 추억이 맴돌면
기억속의 추억이 맴돌면

기약 없는 기다림도 슬픔이지만
지워-지는 아쉬움도 슬픔이지만

임 없는 자리에 남은 그리움 채워지면

영원일 듯 눈물이 끝없습니다

영원일 듯 눈물이 끝없습니다(후렴)

027. 마지막 남자

그대가 마지막 남자이길 원했어요

사랑을 굳이 말하진 않았지만

만남이 좋았던 게 사랑 아닌가요
그대가 그리운 게 사랑 아닌가요

가슴은 탁 트인 바다처럼 열렸고

그리움은 파도처럼 끊임없는데
그리움은 안개처럼 피어나는데

구름에 쓸 수 있는 글자가 있다면

그대 이름 두 글자인 걸 모르시나요

추억의 길에서 슬피 우는 내 모습이

진정 그대가 원했던 사랑인가요

028. 사랑노래

부는 봄바람 다시 흘러오기로

고목 가지에 꽃 필 줄 몰랐네

강에 피어오른 물안개 번지듯

나도 모르게 스며든 사람
나도 모르게 사랑한 사람

노을 자락에 길게 어리는

당신의 그림자에 고이는 그리움

보고픈 마음 노을보다 더 넓은데

당신은 어느 점에 오시려는지

귓가에 맴도는 당신의 사랑노래

들리는 듯 들리는 듯 바람만 붑니다

029. 처녀

이리 저리 돌면서 매무새 고치고

예쁘게 웃는 모습 연습하다

문득 눈 돌려 밤하늘 보니

보는 이 없는 줄 알고 훌훌 벗은 채

알몸의 별들이 사랑을 속삭이네

거울 속엔 별들의 속삭임 들리는데

내 가슴엔 사랑이 보이질 않네

처녀 가슴은 달콤한 꿈꾸어도

오랜 시간 봉오리로 머무니

나비가 오지 않아 꽃피지 않았네

030. 나머지 사랑

창문에 흐르는 빗물을 닦았지

흐려지면 너 보이지 않을까봐

흐르는 눈물을 닦고 또 닦았어

눈물 때문에 널 놓칠 것 같아서

너와 약속이 없다는 걸 알지만

우연히 만날 수 있단 생각에
혹시나 스칠 수 있단 생각에

지나는 사람 중에 널 찾았던 건

너에게 꼭 하고 싶은 말이 있어

나머지 사랑을 말해주고 싶었어

031. 저녁 시간엔

떠나던 날 기약은 없었지만

그리울 땐 언제든 찾아오겠지

온다는 생각에 기대를 갖고
언젠간 온다는 희망을 갖고

혹시나 혹시나 귀 기울였어
이제나 저제나 귀 기울였어

너와 만나던 저녁 시간엔

그 찻집 창가에 있을 것 같아
창 넓은 찻집에 왔을 것 같아

무작정 달리고 달리고 달렸지만

기다린 것은 조각난 빛바랜 추억

아아 사랑했던 여인아

아아 사랑했던 여인아(후렴)

032. 봄꽃 인연

예쁘게 꽃 필 때 비바람 불어

그 사람 다시는 꽃구경 오질 않네요

봄꽃 인연 봄바람에 흘렀다면

아쉽기로 기다릴 일 있을까
그립기로 기다릴 일 있을까

마-음 닫고 잊으면 그만인 걸
두 눈 감고 있으면 잊어질 걸

아아 미워 정말 미워라

바람에 거두는 사랑이 어딨어요
바람에 날리는 사랑도 있던가요

오는 봄엔 그대 위해 꽃피우지 않을래요

오는 봄엔 그대 위해 꽃피우지 않을래요(후렴)

033. 넌 아는가

눈물 젖은 노래를 언제 불렀을까
슬픈 이별 노래를 언제 불렀을까

여름의 풍성한 초록이 사라지고

비껴 돌아온 계절이 외로울 때

좋은 여자 만나라며 너 떠났지

마주보던 눈빛 비켜 보내고
바라보던 눈을 슬몃 감고선

속울음 울먹이던 가슴을 넌 아는가

입술 깨무는 안타까움에

가슴에 맺힌 한숨 입안에 머금다

슬픈 이별 노래를 부른 것 같구나
눈물 젖은 노래를 부른 것 같구나

034. 그대 내 곁에

그리움이 들불처럼 번져 나가고

맴돌며 타오르는 가슴의 열기

아직도 그대에겐 닿질 않나요

얼마나 더 가슴앓일 하고

얼마나 더 안타까운 밤 지새야

그대 내 곁에 다시 돌아오려나

그날이 언제일지 모르겠지만

긴 기다림으로 많이 지쳤어요

그대가 사랑으로 질러 놓은 불

이젠 조용히 잠 재우럽니다

035. 그댈 만나

다시 만날 약속 있는 사람이

돌아올 때 느끼는 맘은 어떨까

텅 빈 호주머니처럼 텅 빈 가슴에

그런 이야긴 나에게 드라마였어

그리움 없는 밤은 강물처럼 길어도

비몽사몽간에 속울음 흐느끼고

감미로운 음악도 잠재우던 고독

사랑을 몰랐던 때의 일이었어

널 만나 사랑을 알고부터
널 만나 그리움 알고부터

속삭임이 달콤한 걸 처음 알았어
귓속말이 사랑인 걸 처음 알았어

속삭임이 달콤한 걸 처음 알았어(후렴)

036. 눈물 빛 같아

여름의 초록을 화폭에 못 담고

추억 녹여 이-별의 잎을 떨구는
사연 안고 한 잎씩 떨려 나가는

슬픈 가을을 담으려 붓을 들지만
슬픈 가을을 녹이려 붓을 들지만

파란 가을 하늘이 눈물 빛 같아

간밤에 본 드라마 아픈 사랑의

임 떠난 끝자락 슬픔이 느껴져

잎 새 떨군 가지 성긴 바람에

붓 던지고 가을을 안고 울었네

잎 새 떨군 가지 성긴 바람에(후렴)

붓 던지고 가을을 안고 울었네(후렴)

037. 하나 되는 날

이슬비가 촉촉하게 어둠을 적시니

평온한 가슴 트집 잡아 이는 그리움

안개처럼 끝없이 피어나네

어둠을 뒤척이던 몽롱한 정신에도

사랑을 받고 있어 행복한 마음

행복함 외에는 아무 생각이 없어

어둠을 지새우는 그리움이 아파도

우리 사랑이 하나 되는 그날까지

그대를 사랑하고 사랑할 거야

038. 너의 속삭임

만나면 어둠 속에서 피웠던 그리움

모두 쏟아내 가슴은 텅 비지만

입가엔 웃음이 가득 담기네

너의 속삭임 나에게 젖어들고

뜨거운 내 사랑 흐르고 흘러

너의 가슴에 안개처럼 스며들 때면

우린 사랑의 꽃을 피우게 될 거야

우리 사랑 아름답게 피워지면

우린 다시 또 새로운 사랑을 위해

촛불 앞에 손잡고 새 꿈을 꾸겠지

039. 더 그리워

달 없는 밤이면 더 그리워

뜨지 않은 달마저 미웠었는데

달 보다 내가 더 미웠던가요

그렇게 손깍지에 힘주시더니

그 손은 그대 손이 아니었나요

가시면 내 가슴엔 미련이 남아
떠나면 내 가슴엔 아쉬움 남아

그리움에 긴 밤 눈물로 지샐 텐데
보고픔에 긴 밤 눈시울 적실 텐데

그대 사랑이 아직 남아있다면

날 슬프게 하지 마세요

040. 유혹

비올 듯 구름 낮게 깔리면

공연히 쓸쓸한 날 있어요

술 한 잔 하자며 유혹하지 말아요
찻-집-에 오라고 전화하지 말아요

애인 없이 홀로 있는 여자라고

누구나 정 주며 웃진 않아요
아무나 맘 주다 울진 않아요

외로움은 내 곁에서 맴돌지만
쓸쓸함은 내 가슴에 맴돌지만

그래도 싫어 이별은 슬퍼서 싫어

추억 만들기 사랑은 싫어요

추억 만들기 사랑은 싫어요(후렴)

041. 영원히

기다림은 나에게 행복입니다
기다림은 나에게 기쁨입니다

그대 사랑으로 다시 태어나

칠전팔기 끝에 청운의 꿈을 이뤘지만

그댄 내 곁을 떠난 뒤였어요

그리운 가슴앓이 아프게 해도
외로운 가슴앓이 슬프게 해도

기다림의 끈은 놓지 않으렵니다
그리움의 맘은 풀지 않으렵니다

그대가 날 영원히 잊었다 해도

난 영원히 그댈 기다리렵니다

사랑합니다 고맙습니다

사랑합니다 고맙습니다(후렴)

042. 고백

우린 얼마 안 된 만남이지만

네 자리에서 날 바라본다
네 입장에서 날 내려본다

해맑게 가슴 열지 못하고

언제 돌아설까 망설이고 있네

사랑을 믿지 못 하는 널 보고

난 진실을 다했는지 생각했어
난 최선을 다했는지 고민했어

믿음 없는 인연을 잇기보단
위선 가진 사랑을 맺기보단

사랑으로 인생길 함께 가면 어떨까

볼에 닿은 뜨거운 입술처럼

그리움으로 널 사랑하고 싶어

043. 감출 거야

슬프지만 눈물을 흘리진 않을 거야
아프지만 눈시울 적시진 않을 거야

하늘로 고개 들어 눈물을 감출 거야

내 가슴은 아픔으로 미어-지는데
내 마음은 슬픔으로 아파 우는데

떠나는 당신은 먼 산만 보고 있네

가슴은 애증의 갈등으로 울지만

얼마나 사랑했는지 당신은 모를 거야

하지만 다른 사람 만나 보면
하지만 다른 사람 겪어 보면

내 사랑을 알게 될 거야

후회해도 소용없어 널 미워할 테니까

044. 너에게

너에게 내가 흘러가야 할까

서로의 성격이 조금 달랐지만

똑같은 성격의 연인이 어디 있어

사랑은 똑같은 성격을 찾기 위해

힘들게 헤매는 게 아니잖아

그리움 하나면 사랑은 시작되고

그리움은 사랑의 전부라잖아

화를 내고 토라져 가버렸지만

난 장난으로 사랑하진 않았어

조금만 조금만 더 기다려 줄께

045. 첫 사랑

말이 없기로 생각이 없겠어요

할 말이 가슴에서 엉키는데

어떡해요 가슴만 뛰는 걸

긴 밤 지새며 그리워했어도
긴 밤 지새며 아쉬워했어도

부끄럽게 말 할 순 없잖아요

여자의 첫 사랑 말로 못 하는 건

숨어 우는 새처럼 부끄러워서예요
밤에 우는 새처럼 부끄러워서예요

그냥 사랑해 주시면 안 되나요

그냥 사랑해 주시면 안 되나요(후렴)

046. 오해 마세요

어머나 왜 자꾸 바라보세요

오해 마세요 그런 게 아닙니다

지금도 바라보고 있잖아요

아닙니다 정말 아니라니까요

뒤쪽-에 달이 아름다워서요
머리 위 별이 아름다워서요

싫어서 그런 게 아니었는데

달을 보던 그 사람 지금도 있을까
별을 보던 그 남자 지금도 있을까

자꾸만 생각이 나네

047. 정

사랑은 가슴 뜨겁게 하겠지만

그리움은 안타까운 아쉬움일지

하지만 뜨거움 지면 사랑은 지고

안타까움 지면 아쉬움도 지겠지

그리움은 아쉬움이 많을 때 피지만

오래갈 순 없는 거야

차라리 사랑보다 그리움보다

가슴으로 흐르는 정을 느껴봐

우리가 우리가 사는 날까지

곁을 맴돌며 영원히 함께 할 거야

048. 너 울었지

넌 내가 좋아한다고 말할 때
넌 내가 사랑한다고 말할 때

못 들은 척 먼 산만 바라봤잖아

서운하기도 했지만

내 맘 몰라주는 네가 야속했어

너만은 내 맘을 알 거라 생각했는데
너만은 내 사랑 알 거라 기대했는데

하지만 좀 더 생각해 보겠단 말엔
하지만 좀 더 시간을 가지잔 말엔

정말 정말 마음 아팠어

서로 서먹해져 타인처럼 되어갈 때

여자에게 이러는 게 어딨냐며

마음이 좁다고 때리며 너 울었지

049. 우산 속에

너 떠나고 야속한 맘 달래기가

왜 그렇게 어려운지 모르겠어

우리가 앉던 카페의 구석 자리

너의 빈 의잘 보는 맘이 서글펐지만

이젠 세월 흘러 상처도 흐려지고

그리운 맘이 있는지도 모르겠어
그리운 정이 남았는지 모르겠어

사는 중에 문득 네 생각 나지만
일상 중에 언뜻 네 생각 나지만

추억 아닌 기억일 뿐이었는데

가을 비 우산 속에 눈물이 맺히네

아아 이 가을 또 얼마나 아프려나

아아 이 가을 또 얼마나 아프려나(후렴)

050. 여자 맘

가지 말아요 가지 말아요

홀로 간다고 길이야 잃을까만

나에겐 오직 당신뿐이었는데
나에겐 당신 사랑뿐이었는데

떠나시면 슬프다며 울며 잡아도

그리움을 거두었을까요

사랑을 속삭일 땐 뜨겁던 숨결이

떠날 땐 입김조차 서리지 않네요

떠난 사람 빨리 잊어야겠지만

언뜻 부질없이 그리워지는 게
문득 부질없이 보고파지는 게

어린 여자 맘인가 봐요

051. 길을 잃었나

초록 잎 시든 꽃 봄은 지나고

오솔길엔 매미 다시 울어요

간 봄에 떠난 임 길을 잃었나

그리운 맘 모르기로 소식도 없어

꿈결에나 보려 해도 보이질 않네

베갯잇 젖는 밤 그댄 모르겠지만

꽃잎 날개 나풀대는 모양 보면서

사랑이 그리운 춤사위 같다며

살며시 안아주던 임이 그립습니다

052. 중년

밤안개 피어 숲을 휘감아 돌고

나룻배 없는 강엔 달이 밝은데

저 달이 지고 나면 하루가 또 가겠지

해맑은 하늘에도 외로워하는

허허로운 맘 허전한 중년이여

세월은 지금처럼 또 흐르겠지

무심히 첫 사랑 추억에 젖노라니
무심히 첫 여인 추억에 젖노라니

흘러간 세월이 야속키만 하구나
흘러간 세월이 서럽기만 하구나

아아 세월아 속절없는 세월아

아아 세월아 속절없는 세월아(후렴)

053. 별빛 고운 밤

해질녘 갈바람에 낙엽이 지고

밤하늘 별빛이 너무 고우면

가신 님 모습이 눈에 어려요
떠난 님 모습이 눈에 선해요

여자의 다감한 정이 필요한 사람

보듬으며 정으로 위로하다가

나도 몰래 가슴으로 사랑한 사람

무엇이 서운해 나를 떠나갔을까
무엇이 싫어서 멀리 떠나갔을까

한 때는 배신감에 미워도 했지만

부끄럼 많이 타고 맘 여린 그 사람

별빛 고운 밤이면 그리워져요

054. 꿈에도 몰랐네

왜 떠나는지 변명도 없이

안녕하고 떠나는 이별도 있었네

갈 사람이야 마음 이미 다졌겠지만

당한 사람은 놀라서 가슴만 뛰네

아끼고 아끼며 사랑했는데
정말로 아끼며 좋아했는데

너는 날 사랑하지 않았었구나

사랑엔 이별 흔하단 걸 알곤 있지만

이별을 갑작스레 당하는 사람이

나일 줄이야 꿈에도 몰랐네

나일 줄이야 꿈에도 몰랐네

055. 진심어린 정

추억을 위한 사랑이 아닌데

인사 한 마디로 떠난 사람아

사랑은 샘처럼 절로 솟는 게 아니라

삶이 모여 고인 정이랍니다

우리네 인생은 유한한데

사랑이라고 언제까지 영원할까만

우리가 한 세월 살아가는 동안

마지막 전에 할 중요한 일은

진심어린 정 흐르는 사랑이지요

사랑은 장난이 아니랍니다

사랑은 장난이 아니랍니다(후렴)

056. 옛 정의 미련

강엔 노을이 아름답게 녹아들고
산엔 단풍이 들풀처럼 번져가고

피어난 안개는 어둠을 손짓해요

긴 그림자 그대에 닿길 바라지만
긴 그리움 아파서 많이 울었지만

그냥 옛 정의 미련일 뿐입니다
그냥 옛 사랑 추억일 뿐입니다

떠나서 달라진 게 무엇인가요

녹슨 추억은 뒤란에 버렸는데

버려진 추억 위에 아쉬움 피어

황혼녘엔 그대 생각 잠깐 납니다

황혼녘엔 그대 생각 잠깐 납니다(후렴)

057. 화폭에 담아

휘모리장단 따라 굽이친 강

사공만 홀로 있는 나룻배 띄우고

휘어진 노송가지엔 학을 그리네

서정시 같은 그림 화폭에 담아

사랑하는 여인에게 고백하려 하는데

노송가지엔 학이 날아오지 않고

산 위에 뜬 아침 해도 볼 수 없다고
동-해에 뜬 아침 해도 볼 수 없다고

공연히 숲에 서린 안개만 탓하네

공연히 숲에 서린 안개만 탓하네(후렴)

058. 숨어하는 그리움

스칠 땐 은근한 눈빛을 주는데

아직도 내 맘을 그렇게도 모를까

차향 타고 들리는 음악소리에

살며시 서운함이 스쳐갑니다
살며시 야속함이 피어납니다

사랑한단 말 아직 가슴에 있지만
좋아한단 말 아직 감추고 있지만

그렇다고 그렇게 모른 척 하시나

이 밤도 그대 생각에 어둠은 더디 가고

숨어하는 그리움을 그댄 아직 모르리

숨어하는 그리움을 그댄 아직 모르리(후렴)

059. 망설이지 마

빛바랜 갈대도 뿌리만 깊으면

한 계절은 넉넉히 버티며 흔들리고

뿌리 없이 흘러 다니는 부평초도

물 고이고 때 이르면 꽃이 피는데

이별이 두려워 망설이지 마
이별이 두려워 주저하지 마

영원히 흘리는 눈물은 없는 거야
영원한 상처의 아픔은 없는 거야

슬픔은 사랑의 눈빛으로 녹이고

어둔 밤이라도 잡은 손 놓지 않고

사랑으로 아침 열고 밤을 닫을 거야

060. 노을이 질 때

노을이 질 땐 어떤 노랠 부를까

헤매던 길 끝에 시든 꽃송이

한 때는 아름답게 피었었겠지
한 때는 화려하게 피었었겠지

꽃처럼 뜨겁게 사랑했던 우리도
꽃처럼 사랑이 아름답던 우리도

철지나 시든 꽃처럼 되고 말았지만

너의 사랑은 나에게 행복을 주었어

노을이 지기에 문득 멈춰선 곳

여기가 너의 집 앞이라 해도

반기는 이 없으니 노래도 없네

여기가 너의 집 앞이라 해도(후렴)

반기는 이 없으니 노래도 없네(후렴)

061. 어제는

비 내리는 날이면 네가 생각나

사랑에 방법이 따로 있을까만

넌 태어나 처음 만난 여자였어
넌 세상에 처음 만난 여자였어

네 맘에 안 드는 게 많았을 거야

너 떠날 땐 서운하고 야속했지만

지금도 어떡해야 좋을지 모르겠어

사실 지금은 너의 그림-자도 그리워
사실 어제는 네가 보고 싶어 울었어

나에게 한 번만 기횔 주면 안 되겠니

사랑의 시작도 끝도 너라면 좋겠어

사랑의 시작도 끝도 너라면 좋겠어(후렴)

062. 여울물 그리움

그대 어떤 모습 어떤 향으로 스쳐갔어도

내 가슴은 여울 일어 어지러울 겁니다

부치지 못해 서랍에 간직한 편지

주인 찾아 배달될 때의 설렘입니다

그리움 껍질 벗겨내고 속살 보이는 건

그대 사랑 앞엔 부끄러움 아니지만

제 몸 태워 어둠 밝히는 촛불 같이

두 손 모으는 사랑이 피기 전까진

거스르지 못할 여울물 그리움으로

그대 가슴 속 깊이 깊이 흐릅니다

063. 후회할 거야

아무리 야속해 눈물이 흘러도

두 눈을 꼭 감고 뒤돌아서

너에겐 절대 보이지 않을 거야

내가 싫어 떠나겠다는데

미련은 하나도 남기지 않겠어

널 잊을 거야 금방 잊을 거야
널 지울 거야 금방 지울 거야

어떤 여잘 만날지 모르겠지만

시간 지나면 지금을 후회할 거야
세월 지나면 이별을 후회할 거야

하지만 추억은 왜 내 곁에만 맴돌까

064. 어떡합니까

여기서 지금 생각한 건 아니잖아요

하지만 난 꿈도 꾸지 않았는데

갑자기 헤어지자면 어떡해요

돌아서면 보고 싶단 말도 못 하고

길 잃은 그리움은 또 어떡해요

이젠 타인이 되어 속울음 감추고

멀리서 그리워만 해야 하나요
멀리서 아쉬워만 해야 하나요

공작 꼬리처럼 화려하진 않았지만

뜨거웠던 사랑은 어떡합니까
뜨거웠던 숨결은 어떡합니까

065. 착각하지 마

정말 날 사랑한다고 했니 뭘 보고

나에게 널 사랑해 달라는 의미 맞지

너 진짜 진짜 철없이 귀연 남자애다

이런다고 사랑이 맺어지는 거 아냐

도련님 사랑은 말로 하는 게 아닙니다

아이들 불장난이 아니란 말씀이에요

사랑이 사진처럼 언제나 그 자리에
사랑이 그림처럼 언제나 화-폭에서

변함없이 있을 거라 착각-하지 마세요
변함없이 있을 거란 환상 접어 주세요

산전수전 공중전 경험하고 오세요

산전수전 공중전 경험하고 오세요(후렴)

066. 바람이었나

어둠을 이고 흐르며 풀어놓는 강이

우리 사랑도 어둠 풀어 저물게 하는데

오래도록 흐르고 흘러온 우리 사랑

옹달샘처럼 샘솟던 사랑의 처음으로

돌이키기엔 너무 멀리 왔을까

그리움자락 끝의 마지막 인사를

아파하며 눈물로 준비해야 하나

우릴 이어주던 사랑은 바람이었을까

아아 모든 게 바람이었나 그대여

067. 잘난 척

따분한 게 싫어서 상댈 찾다가

운발 터져 예쁜 여자를 만났네
발품 팔아 예쁜 여자를 만났네

친구 녀석들 소개팅 주문 폭주해

술잔 들고 알았다며 큰소리 쳤네

차 마시고 야외에선 캔 맥주 들고

적당히 잘난 척 이해심 많은 척
몰라도 아는 척 없어도 있는 척

만날 때마다 호탕하게 웃기도 했네

연애를 하지만 어째 좀 허무하다

연애를 하지만 어째 좀 허무하다(후렴)

068. 구름에 달 가듯

사공 없는 나룻밴 강가에 머무는데

정처 없는 나그넨 어디서 머물까

희로는 산속의 침묵으로 맴돌고

애락은 널뛰듯 울리고 웃기지만

번뇌는 꿈에도 노랠 하지 않네
고통은 꿈에도 노랠 하지 않네

세월이 맴돌 듯 인생도 맴돌지만

온 곳은 어디고 있는 곳은 어딜까
온 곳은 어디고 가는 곳은 어딜까

아아 구름에 달 가듯 가는 인생아

흘러도 흘러도 머물 곳을 모르겠네

069. 잊혀지던가

외진 오솔길에 마른 낙엽 지면

우리가 남긴 발자취 흔적이 가려져

걸음마다 아쉬워 멈춘 가슴엔

기쁨과 슬픔이 진리처럼 교차하네

그렇게 널 잊자고 하면서도

이 길을 다시 와 서성이는데

넌 쉽사리 내가 잊혀지던가
넌 간단히 내가 지워지던가

아닐 거야 어떻게 쉽게 잊겠어

우린 가슴 아픈 이별을 했구나

070. 꿈인 듯 놀라

서산에 해 걸리고 황혼이 필 때

문득 너와의 이별이 꿈인 듯 놀라

아니라고 서둘러 고개를 젓지만

참으려던 눈시울은 벌써 젖었네

이별 슬퍼 우는 건 널 잃은 죄

떠난 맘은 야속해도 그리움 피네
떠난 그대 원망해도 그리워-지네

마저 못한 사랑엔 후회가 맴돌아
사랑 떠난 가슴엔 아쉬움 맴돌아

미련은 들불처럼 번져만 가니

잊기보단 차라리 그리는 게 낫겠네

071. 감도는 미련

첫사랑도 첫 이별도 아닌데

가슴엔 왜 이렇게 아쉬움-일까
눈가엔 왜 이렇게 눈물이 질까

소용돌이치며 감도는 미련

미워서 잊자고 도리질하면서도

그리움 피어나면 어쩔 수 없잖아

아아 아직도 이별을 모르는 걸까

하지만 추억이 눈앞에 맴돌면
하지만 미련이 가슴에 맴돌면

젖은 눈시울에 눈앞이 흐려져도

네 모습이 보이는 걸 어떡해

네 모습이 보이는 걸 어떡해(후렴)

072. 그리움인들

오늘처럼 비 오는 날엔 네가 생각나

미련을 잊으려고 술 한 잔 했지만

이젠 술 마시면 오히려 보고 싶어

너와의 추억을 지우려 하면서
너와의 사랑을 잊으려 하면서

조금은 조금은 남겨서 그런 걸까
조금은 조금은 아쉬움 남은 걸까

긴 밤 뒤척이며 아무리 널 불러도
긴 밤 뒤척이는 가슴엔 너 있지만

그리움 피우는 게 나만의 침묵이면

아아 사랑했던 사람아

술인들 그리움인들 무슨 의미 있을까

073. 여린 정

어둠지고 꽃 지고 사랑도 질 때

파도는 슬픔을 외마디로 울고 가네

사랑엔 이별도 함께 따라온다지만

여인의 여린 정으론 부족했나요

외로움 쓸쓸함이 다 스쳐간 후에야

사랑을 알고 그리움을 알게 될까요

그림자보다 더 당신 곁에 있었고

조개 속 진주보다 더 깊이 담았었는데

상처만 주고 가는 야속한 사람아

074. 차마 몰랐네

빛바랜 추억의 사진에서 널 찾아보네

한 번쯤 안아주려 등 뒤에 손 올려도

싫어할까봐 올리던 손 멈추던 맘

내 진실한 가슴이 보이지 않던가
널 아끼는 마음이 보이지 않던가

이렇게 돌아설 줄 차마 몰랐네
그렇게 떠나갈 줄 정말 몰랐네

세월 흘러 네 모습 흐려질 때쯤
세월 흘러 이 미련 지워질 때쯤

난 누군가를 다시 사랑하겠지

사람 바꾸어 다시 그리움 피우는 게

부질없어 웃는데 눈시울이 왜 젖을까

075. 그대 하나면

거리에 사랑이 아무리 널려 있어도

난 그대 한 사람이면 좋겠어요

사랑이 진실한지 성실한 사람인지

시간 두고 생각할 것 없는 사람이면
세월 두고 고민할 것 없는 남자라면

마음을 내게서 거두진 않겠지요
좋아한 여인을 울리진 않겠지요

어느날 갑자기 타오르는 사람보단
어느날 불처럼 뜨거워진 사랑보단

해가 지면 당연히 찾아오는 내일처럼

언제나 당연히 내 곁에 있어주는

그런 사랑 그런 그대 하나면 좋겠어요

076. 흘기는 눈빛

넌 머지않아 내 곁을 떠나겠지

눈빛이 보내는 암시를 모르냐는 듯
이별로 돌아선 마음을 모르냐는 듯

예쁜 눈 돌려 흘기는 눈빛이 아프네
고운 눈 돌려 흘기는 눈매가 슬프네

지난 시간 소중한 사람이었던 우린

그리움 주던 소중함이 사라지고
보고파 했던 그리움이 지워지고

거리의 일상으로 떨어지겠지

아아 여인아 안타까운 여인아

떠나고 싶어하는 배신의 맘보다

미워하며 흘기는 눈빛이 더 슬프다

077. 없을까

꽃 진 자리엔 잎이 가까이 돋는데

더디 오는 저녁이 조금 밝더라도
지는 해가 느려서 조금 밝더라도

몰래 숨어 내게 오는 이 하나 없네

사랑하느냐고 묻는 질문도 없고

사랑한단 말을 할 필요 없는 사람

운명처럼 맺어질 그런 사람 없을까
운명처럼 인연이 맺힐 사람 없을까

멀리서 온 그립단 엽서 한 장처럼
멀리서 온 그리운 전화 한 통처럼

사랑해 한마디로 내미는 손잡고

흐느껴 울 수 있는 사람 없을까

078. 누굴 만나든

세상은 눈앞에서 이루어진 일보다

보이지 않고 들리지 않은 곳에서

이루어지는 일이 훨씬 더 많아

보이지 않는 네 맘을 알 순 없지만

너도 내 생각을 알 순 없겠지

떠나는 네게 한 마디 없었던 건

사랑은 재미로 하는 게 아닌 거야

진실 없는 가슴엔 사랑이 깃들 수 없어

누굴 만나든 사랑을 장난으론 하지 마

079. 당신의 소리

정이란 쉽게 잊히는 게 아니지만

당신은 나에게 잊지 못할 그리움

울리는 전화벨 당신의 소리

우리 뜨거운 사랑은 추억이 아닌

잊고 싶지 않은 아쉬움이었어요

하지만 이젠 생각해선 안 될 사람
하지만 다신 불러서는 안 될 사람

보고파 외치는 당신의 소리지만
그리운 속울음 삼키는 소리지만

다시 들어도 맺어도 안 될 인연

이젠 잊어야 할 목소리입니다

이젠 잊어야 할 목소리입니다(후렴)

080. 노을 슬퍼라

계절이 마주치는 끝자락에

붉게 피었다 지는 노을 슬퍼라

가지에서 떨어진 잎의 외로움
가지에서 떨어진 잎의 고통을

슬프겠단 생각에 눈물 어리네
바람실려 흐르면 누가 알려나

봄 가고 여름 가고 가을이 오면

꽃 지고 초록 지고 낙엽도 지겠지

지난해도 지금과 다름없는데

내년에도 지금과 다름없겠지

변함없는 세월 다름없는 인생

아아 덧없는 삶이 슬퍼라

081. 부끄러워

어둔 밤 갈밭에 달빛 밝으면

살며시 생각나는 사람 있어요

만나면 반갑고 마냥 좋은 맘
만나면 좋아서 웃고 싶은 맘

하지만 마주하면 난 너무 작아져요

가슴 가득한 그리움 그대는 알까
가슴 가득한 사랑을 그대는 알까

간밤에 속내에 두었던 많은 이야기
지난밤 일기에 써놓은 비밀 이야기

부끄러워 감출 만큼 그대가 좋아요

노을 지는 끝자락에 피는 그리움

보고픈 당신께 보내는 사랑입니다

보고픈 당신께 보내는 사랑입니다(후렴)

082. 여자라고

세상에 나 말고 사랑은 없다고

하늘을 가리키고 말하던 사람

내 마음 모두 가져간 사람아

하늘이 땅으로 떨어졌나요

사랑이 피기도 전에 떠나버렸네
사랑을 맺기도 전에 이별이라네

여자라고 맘이 약한 줄 아시나 봐
여자라고 눈물 많은 줄 아시나 봐

떨어지는 도토리에 놀란 것뿐인데
떨어지는 밤송이에 놀란 것뿐인데

비바람 피해서 피는 꽃 없겠지만

진실한 사랑을 만났으면 좋겠네

083. 달빛의 마음

아름다운 황금빛 노을보다

반짝이는 별을 좋아하는 건

너의 눈동자를 닮았기 때문이야

아름답고 청순한 순결이 베인
향기롭고 청아한 품성이 어린

보석 같은 눈을 어디서 보겠는가
보배 같은 맘을 어디서 얻겠는가

들판을 비추는 달빛의 마음으로

널 포근하게 사랑으로 감싸

가슴 벅차게 차오는 그리움 안고
가슴 벅차게 피어난 애정을 품고

이 밤도 외별에서 여인을 보네

084. 눈을 감으면

떠난 사람 잊고 싶어 눈을 감으면

오히려 그대 모습 더욱 선명합니다

차라리 미워서 떠난다고 했으면
차라리 싫어서 가신다고 했으면

가슴 미어지는 아쉬움이야 남겠지만

아파도 미련을 지울 수 있을 텐데
슬퍼도 가슴을 비울 수 있을 텐데

싫은 게 아니라고 말했잖아요

오늘처럼 밤별이 아름다우면

아쉬운 미련에 미움을 머금어도

그래도 그대 사랑이 그리워져요

그래도 그대 사랑이 그리워져요(후렴)

085. 떠나고 보니

잠 못 이루고 뒤척이는 밤이면

그대가 그리워 베갯잇 적셔요
그대가 보고파 눈시울 적셔요

이미 뒤늦은 슬픈 후회지만
이젠 때늦은 아픈 후회지만

너무 철없는 이별을 했어요
너무 사랑을 몰랐던 거예요

차라리 그대가 날 떠났더라면

눈물을 머금어도 잊었겠지만
흐느껴 울더라도 잊었겠지만

생각 없이 내가 그댈 떠나고 보니

그대 사랑이 너무 그리워져요

미운 것도 아닌데 왜 떠났을까

아아 왜 떠났을까

086. 은밀한 사랑

은밀한 사랑은 바람만이 알아요

숨어 우는 새처럼 그늘 속에서

숨죽여 남 몰래 흐르던 사랑

넘쳐도 흐르지 못하는 바닷물처럼

흐를 듯 눈물 고인 우수의 눈망울은

언제나 내 가슴을 슬프게 울려요
언제나 내 마음을 저리게 울려요

서로 사랑해선 안 될 사람이지만
우린 맺어서는 안 될 인연이지만

고요하고 맑은 호수 같은 당신의 눈

홀로 가슴에 묻기엔 너무 아파서

그냥 사랑하고 말았어요

087. 너일 듯

기다림이 나에게 행복을 주는 건

기다림이 바로 사랑이기 때문이야

찻집에 먼저 가 널 기다리노라면

무심히 창가를 스치는 바람 소리도

살며시 다가-오는 너의 숨결인 듯
얌전히 곁에 있는 너의 숨결인 듯

그리워 보고픈 사랑으로 느껴져

문이 열리고 들어오는 사람마다
문이 열리고 들려오는 기척마다

너인 듯 너일 듯 너일 듯

창밖엔 아까부터 비가 내린다

창밖엔 아까부터 비가 내린다(후렴)

088. 꽃 지는 그림자

그리움이 날 힘들게 하기로
그리움이 날 아프게 하기로

사랑을 탓할 순 없잖아

꽃 지는 그림자 아름다운데

성긴 별 여명에 스러지면

몸은 지쳐도 그리움은 더 피네

그리움은 언제나 홀로 피우기에

그대 내 그리움 길을 모르겠지만

나도 그리움 길을 가보지 않았기에

그대 마중을 나갈 수가 없어요

089. 외길 사랑

하얀 갈대 갈바람에 쏠리면

사랑 잃은 내 고통처럼 느껴지네

벚꽃 필 때 둘이서 나눈 이별주

세월 가도 아픔은 가시질 않아

외길 사랑은 촛불처럼 흐릿하고
외길 사랑은 냇물처럼 메마르고

널 그리는 맘 이슬로 닦는데도
널 미워한 맘 가슴에 새겨봐도

미련은 왜 미움이 되질 않을까

얼마나 고통을 더 인내해야 하나

아아 잊지 못한 맘 울고만 싶어라

090. 새끼손가락

새 발자국만 어지러운 빈 백사장

너 하나로도 좁아 보였었는데

너 없는 백사장은 너무 넓구나
너 없는 백사장은 공허-하구나

산처럼 밀려와 스러지는 파도자락

쓸리는 바닷물 찰랑대며 말했잖아

사랑해 줘서 정말 행복하다고
사랑해 정말 정말 사랑한다고

내 주머니에 손깍지 끼고 걸으며

새끼손가락도 걸었었잖아

모두가 부질없는 몸짓이었나

091. 실바람

여인의 마음 모아 드린 사랑이

당신껜 스치는 실바람 같던가요

나보다 당신을 더 사랑했는데

오로지 당신만 향해 흐르던 사랑
오로지 당신만 위해 드렸던 사랑

갑자기 거두라시면 어떡해요

뜨거운 숨결로 가슴 태운 사랑은
힘겹게 그리움 모아 태운 사랑은

개인 날 구름처럼 사라져 버렸나요

그렇게도 떠나고 싶은가요 그렇게도

아아 맴도는 아쉬움을 어떡하나

092. 뒷모습

보고픈 맘 달래고 달래 놓으면

초생달이 웃으며 그리움 피우네

어둔 밤 촛불이 홀로 타며 울기로

내가 왜 눈시울을 적시는가

이별로 부서져버린 추억을 모으면

강가의 모래처럼 힘없이 흘러내려
해변의 바람처럼 스치듯 흘러버려

어설픈 아쉬움만 난무할 뿐
떠나간 뒷모습만 생각날 뿐

가슴에 남아있는 흔적이 없구나

이젠 그리워한들 모두 부질없는 일
이젠 아쉬워한들 모두 부질없는 일

사랑한 만큼 아프면 잊혀지겠지

093. 그랬을까

널 바라보는 것만도 행복이었고

밤하늘 별마저 그리움이었던 건

네 살가운 사랑이 내 곁에 머물며
네 알뜰한 애정이 내 곁에 맴돌며

별이 되고 꽃이 되어 줄 때였지

하지만 석양에 지는 해 보는 눈엔

왜 어제 떠나던 뒷모습만 어리는가

이젠 아쉬워도 잊어야 할 아픔인 걸
이젠 야속해도 잊어야 할 모습인 걸

입술 꼭 깨물고 손 흔들었지만

아아 널 잡았어야 했을까 그랬을까

보고 싶어 못 견디겠네

094. 너 떠나갈 때

여명이 밝아올 땐 힘들었지만

널 빨리 만난다는 기쁨이 있잖아

하루해가 지고 어둠이 밝을 때까지

그리워하다가 밤 새는 줄 몰랐는데
보고파하다가 날 새는 줄 몰랐는데

어느 날 안녕하고 너 떠나갈 땐

소리쳐 울고 싶도록 야속했어
배신이 울고 싶도록 서운했어

하루만 지나도 때 되면 기다려지고

가슴 한 쪽이 자꾸 허전해지는데

네 발길 닿았을 곳 찾아 나서지만

어디에도 우리 길은 없네

아아 사랑했던 그대여

095. 비를 맞고

쏟아지는 비를 맞고 있는 건

내게 묻어있는 네 거짓 사랑을
내게 묻어있는 네 장난 흔적을

씻고 씻어 지우려고 이러는 거야
남김-없이 씻어내려 이러는 거야

흙탕에 섞인 네 허실한 사랑이

보잘 것 없고 우스워 보이네

사랑은 심심풀이로 하는 게 아냐
사랑은 장난삼아서 하는 게 아냐

잠시나마 널 가슴에 두었단 사실이

날 더 초라하고 슬프게 하지만

이걸로 된 거야 잊으면 되는 거야

096. 눈물의 미소

우리 이별을 잊지 못 하는 건
우리 사랑을 잊지 못 하는 건

아쉬운 미련 때문이 아닙니다

처음 진정한 사랑을 받았다고

무지개 서린 눈물로 미소짓더니

우리 사랑 영원했으면 좋겠다며

말끝을 흐리고 흐느낀 사람

헤어질 수밖에 없었던 인연은
이별할 수밖에 없었던 운명은

생각 할수록 세상이 야속합니다

우린 사랑을 슬프게 맺었지만
우린 눈물의 미소로 끝냈지만

당신은 영원한 내 사랑입니다

097. 내가 슬프다

백사장에 낙서한 너의 흔적이

흐리지만 아직도 남아 있구나

갈매기 공연히 끼룩대는데

네 모습은 파도처럼 다가오고

조금 더 곁에 있으면 안 되냐며
조금 더 곁에 머물면 안 되냐며

널 두고 가는 등 뒤에서 흐느낄 땐

차라리 내가 울고 싶었다
차라리 돌아-서고 싶었다

네 아픈 눈물이 내 가슴을 적셔

위로하다 정들었지만 너 보내고 나니

이젠 너의 빈자리 내가 슬프다

098. 재회

그대 나에게 오는 길을 모르고

나 그대에게 가는 길을 서로 몰라

만날 곳도 없는 사람이 되려는가

사랑을 피웠던 우리의 시간은

예쁜 노을로 기억되기 충분하잖아

너와 난 서로가 성격이 다르지만

다름을 조화시키는 게 사랑 아니겠어

귀뚜라미가 밤새 울어 어둠을 밝히듯

우리가 밤이 새도록 고민하는 건

즐거운 재회를 위한 아픔이었음 좋겠어

099. 사랑한 만큼

떠나던 당신 뒷모습이 야속해

살며시 부는 실바람에 미움 날려도

가슴엔 그리움이 자꾸 채워집니다

실바람에 떨어지는 마른 낙엽이

왜 이렇게 가슴 아픈지 모르겠어요

두 눈 꼭 눈감고 귀 막고 지우려 해도

꿈속처럼 눈앞에서 맴도는 모습
영화처럼 어른대며 맴도는 모습

정말 미워 사랑한 만큼 미워하려고

입술을 아프도록 깨물고 다짐해도

아직은 자꾸 그리움만 피어나요

100. 투정

당신이 못 견디게 보고파질 땐

구름에서 비가 되어 내리고 싶어요

빗물 되어 추억의 길을 찾아 흐르다

뜨거웠던 당신 숨결 한 번 더 느끼고
살가웠던 당신 사랑 한 번 더 느끼고

아쉬운 미련일랑 추억으로 넘겨

사랑했던 시간의 미련을 잊어야지
좋아했던 마음은 여기서 지워야지

두 눈 꼭 감고 눈물로 다짐해도

해질녘 석양엔 절로 기다려지는 맘

아아 투정을 부리나 왜 눈물이 날까

101. 당신은 가고

그리워만 하긴 너무 힘들어

그리움 밖으로 나가고 싶지만

가슴은 그리움과 슬픔이 교차하네

단단한 시간의 껍데기를 벗기고
단단한 가식의 껍데기를 버리고

오롯이 우리만의 사랑을 나누었던

좋았지만 짧은 시간 뜨거운 만남
떠났지만 짧은 동안 진실한 만남

아아 여인아 사랑한 여인아

당신은 가고 난 여기 남아야 하네

이제 꿈에도 만나선 안 될 사람
이제 꿈에도 맺어선 안 될 사람

그리워만 할 사람아

102. 비밀한 마음

누구에게도 말 못하는 비밀한 마음

아무도 몰래 그대에게 날려요

당신 아름다움에 입맞춤 할 땐

풍선처럼 부풀린 행복한 가슴을

눈부신 초록의 여름 시인 되어

멋지게 시로 풀어 편지를 쓰겠지만
행복한 시를 지어 연서를 쓰겠지만

아아 밤하늘 새벽별 지기 전에
아아 밤하늘 새벽달 지기 전에

보고픈 맘을 어떻게 글로 써요

아아 밤하늘 새벽별 지기 전에(후렴)

보고픈 맘을 어떻게 글로 써요(후렴)

103. 빗길에

새벽달 빗길에 구름 사이 잠시 뜨면

보고픈 그대 그리워 울었습니다

추억의 아쉬움에 피어난 그리움을

홀로 맘에 두긴 외롭고 힘들어요

야속한 그리움은 어둠보다 깊고

아쉬운 미련은 꿈에도 흐느껴요

그대의 이별을 허공에 날려도
그대의 배신을 미움에 실어도

외로움은 내 곁에만 맴돌고
허전함은 내 곁에만 맴돌고

어둠은 눈물의 순례잘 만들지만

이젠 아쉬움도 미련도 잊으렵니다

104. 흐르는 그리움

벚꽃 한 잎 옷에 점을 찍는데

문득 떠오르는 보고픈 그대 얼굴

한 잎 꽃에도 이렇게 그리운데

사랑의 인연에 머물지 못하고

왜 안녕이란 인사를 해야만 했나
왜 이별이란 아픔을 주어야 했나

떠날 때 그렇게 흐느낄 이별이면

차라리 이별의 맘을 잠재워버리고

흐르는 그리움을 사랑해도 좋을 걸

아아 잡은 술잔 아쉬운 눈물에 젖네

아아 잡은 술잔 아쉬운 눈물에 젖네(후렴)

105. 노총각의 꿈

널 향한 그리움을 그릴 때였어

대문 두드리는 소린 너였고

어둠이 가기 전 가장 보고플 때
어둠이 밝기 전 가장 생각날 때

기다리는 걸 용케 알고 나에게 왔네

너의 부드럽고 발그레한 볼에

사랑의 입맞춤 하며 속삭였지

사랑해

너무 황홀해 정신 차리니 꿈이었네
너무 좋아서 눈을 떠보니 꿈이었네

아아 깨지를 말지 깨지를 말지

106. 그림과 시

그림을 잘 그리진 못하지만

오늘밤은 내 그리움 모아 모아

널 사랑하는 내 마음 그리고

다 그리고 나면 시도 쓸 거야
다 그리면 사랑 시도 쓸 거야

전화 하지 마 묻지도 마

다 그리고 쓰면 보여 주겠지만

이상한 그림 재미없다고 웃진 마
색칠한 그림 이상하다고 웃진 마

하지만 이게 뭐야 정말 뭐야

그림은 빨간 하트 두 개에

시는 사랑 두 글자뿐이네

107. 날개가 있다면

나에게 커다란 날개가 있다면

넓고 푸른 하늘 멀리 멀리 날아

반짝이는 별을 가슴 가득 따오고
반짝이는 예쁜 별을 골라 따오고

산꼭대기 높이 높이 날아올라

깨끗하고 예쁜 꽃 한 아름 꺾어

아무도 모르게 간직하고 있다가
비밀한 곳에다 간직하고 있다가

하얀 눈 내리는 날 눈 맞으면서

영화처럼 사랑을 고백할 거야

하얀 눈 내리는 날 눈 맞으면서(후렴)

영화처럼 사랑을 고백할 거야(후렴)

108. 연인

마음 속 이상형은 아니겠지만

너에게 사랑-받는 사람이고 싶어
너에게 보고 싶은 사람이고 싶어

생각이 달라 다툼도 있겠고

나도 모르게 슬프게도 하겠지만
맘과 다르게 외롭게도 하겠지만

사랑의 정에서 피어나는 향기로

미움을 지우고 다시 그리워지는

언제나 사랑받는 연인이 되고 싶어

피어나는 그리움을 모으고 모아

너만을 사랑하는 사람이고 싶어

피어나는 그리움을 모으고 모아(후렴)

너만을 사랑하는 사람이고 싶어(후렴)

109. 손깍지

이별은 가슴 아프게 속울음 삼키는

사랑을 슬프게 울리는 가시라 싫어

오래된 영화처럼 빛바랜 사진 속
오래된 신문처럼 빛바랜 활자 옆

탈색된 주인공-이긴 더 싫어
자그만 사진에 있긴 더 싫어

사랑은 보관을 위한 건 아니잖아

널 위해 꽃도 되고 별도 되면서

밤하늘 별들의 꿈 이야기 들으며

둘이 나란히 앉아 꼭 낀 손깍지에

사랑을 느끼는 여자이고 싶어

110. 독신

처음부터 나에게 말해 주었다면

나 홀로 사랑을 꿈꾸진 않았을 걸
나 홀로 행복을 꿈꾸진 않았을 걸

무엇을 어떻게 하는 게 사랑이냐고

달라지는 게 뭐냐고 물었잖아
사랑하는 게 좋으냐 물었잖아

비바람에 세상 끝날 것 같아도

너 하나만 있으면 되겠다싶어

내일쯤 너에게 고백하려 했는데

독신으로 살겠다는

아아 그 말이 날 슬프게 하네

아아 그 말이 날 슬프게 하네(후렴)

111. 여자의 변신

모르는 사람으로 착각할 만큼

마술처럼 다른 여자로의 변신

몰라볼 만큼 정말 아름다웠어

밤하늘 별빛 오래돼 흐려도

또렷하게 눈에 어리는 아름다움

하지만 이별을 위한 팡파르였나
하지만 이별을 위한 의식이었나

너의 눈엔 한 방울 눈물도 없이

아름다움은 인연을 던져버렸네
아름다움이 사랑을 날려버렸네

아아 은밀했던 속삭임은 무엇이었나

112. 몰랐어

잔엔 술이 가득한데 가슴은 비어

밤-하늘만 하염없이 바라보네
밤 구름만 무심하게 바라보네

사랑 할 땐 마음까지 주었던

별마저 초면인 듯 싸늘하네
별마저 처음인 듯 냉정하네

가던 날 이유도 묻지 않은 건

떠나면 모두 정리될 줄 알았지

너 떠나고 나니 허전해진 가슴
너 떠나고 보니 외로워진 마음

그리움 슬프게 피어날 줄 몰랐어

그리움 슬프게 피어날 줄 몰랐어(후렴)

113. 좋았는데

잘 가던 찻집에서 커피도 마셔보고
안 가던 극장에서 영화도 감상하고

캔 맥주 홀짝대며 밤도 새웠지

자존심 상해 입 다문 비밀이지만

이미 떠난 사람 자꾸 생각해 내며

그리워하는 게 철없어 보이고
보고파하는 게 우스워 보이고

조금 모자라 보이는 건 나도 알아

하지만 혹시 연락이 올지 몰라

전화벨 울릴 때만 기다려지네

아아 사랑할 때가 좋았는데

아아 사랑할 때가 좋았는데(후렴)

114. 날 위해 울려네

석양에 노을이 붉게 물든 하늘

처음이 아닌데 추억에 젖는 건

세월이 많이 흘렀단 의미겠지

사는 게 어디 희망대로 되던가
사는 게 어디 소원대로 되던가

아프고 힘들 땐 많이도 울었네

하지만 열심히 노력하며 살았는데
하지만 성실히 노력하며 살았는데

내게 줄 것 없는 손이 부끄러워

오늘은 날 위해 울려네

오늘은 날 위해 울려네(후렴)

115. 슬픔이었어

이별은 나에게 슬픔이었어

이미 떠난 마음 눈물로 얻어 본들
이미 떠난 사랑 눈물로 애원-한들

벽에 막힌 바람처럼 부서지고
바람 맞은 안개처럼 흩어지고

흐르던 길 막힌 물처럼 마를 걸

안타까움에 흐느껴 울지라도

가지 말라 잡을 수도 없잖아

그리운 정으로 맺은 여인아

품에 안겨 사랑-한다고 말했잖아
품에 안겨 변치 말자고 말했잖아

차라리 말이나 말지

116. 거짓말 같을까

립스틱 짙게 바르던 날

어둔 하늘엔 눈송이만 날렸지
어둔 하늘에 속마음을 말했지

나보다 예쁘고 좋은 여자 만나라고
너보다 못나고 나쁜 여자 없노라고

나보다 잘나고 착한 여자 만나라고
너보다 못나고 미운 여자 어딨냐고

말 끝내고 손 흔들며 너 떠났지
말 끝내고 손 흔들어 너 보냈지

쌀쌀하게 뒤 안 보고 가버-렸지만
바보처럼 눈-물-짓진 않을 거지만

갑작스러운 일 아무 생각도 안 났어

하지만 네 말이 왜 거짓말 같을까

하지만 네 말이 왜 거짓말 같을까(후렴)

117. 울고만 싶어라

좋아하면서도 시침 뗀 너에게

바람 없이 함박눈 하얗게 내리고

조명 있어 분위기 있는 카페에서

영화처럼 멋있게 고백하려 했지만
소설처럼 이색적 고백하려 했지만

기다려도 며칠 째 보이질 않아

어디 여행이라도 떠났나 했는데
멀리 겨울바다로 떠났나 했는데

이 달이 다 가도록 나타나지 않네

소식조차 듣지도 알지도 못하니

고백도 못한 마음 울고만 싶어라

고백도 못한 마음 울고만 싶어라(후렴)

118. 겨울 한가운데

네 모습은 소용돌이처럼 맴돌고

마음은 겨울 한가운데 서 있듯

한 없이 고통스럽기만 하다

우리 추억이 일상에 묻히는데
우리 사연이 거리에 날리는데

사랑한 정이 아쉽지도 않은가
맺었던 정은 미련마저 없는가

얼마나 다투고 또 화해하며

여기까지 사랑을 엮어 왔는데

다 버리고 이대로 가려는가

아아 안타까워 안타까워라

119. 여유

풀벌레 우는 소리 벗 삼은 산행

돌이끼 위에 앉아 하늘을 본다

서산엔 해 걸리고 노을 지는데

솔 향이 그윽하니 퍼지네

길가의 야생화는 발밑에서 피어-나고
철없는 야생화는 발밑에서 몸을 열고

숲속에 새소리 심-심-찮게 들리니
숲속의 나비는 몸 연 꽃을 찾으니

이것이 그대로 자연이겠지

적막한 산중에 벗이려니 하려네
고요한 산중에 재미려니 하려네

120. 새싹처럼

어둠 젖은 귀뚜라미 소리 들리면

때맞춰 네 생각이 절로 나네

밀리는 그리움 어둠에 묻어도

고목에 새싹처럼 피고 또 피네

너 그리운 만큼 날 그리워하려나

꽃 마음으로 묻고 싶구나

간밤의 그리움은 샘을 이루어

그리움을 무지개로 채색을 해도

아아 그래도 그리움은 안타까워라

121. 못 맺을 인연

길이 달라 못 맺을 인연이라면

부는 바람 따라 흘렀으면 좋을 걸

왜 돌아서지 못 했을까

파고드는 그리움을 어찌하려고
밀려오는 보고픔을 어찌하려고

울면서라도 마음 닫지 못 했을까

아아 정이 왜 이렇게 흘렀나

그리움은 갈등에 외로 흐르고
그리움이 피어도 홀로 외롭고

밤이면 그리워 눈시울 젖어도

사랑한단 말도 못할 거면서

122. 멈춘 이야기

산새도 머문 자리 돌아오는데

그리움 머문 곳 찾지 않는 사람아

흘러간 세월 속에 멈춘 이야기
헤어진 시간 속에 맴돈 이야기

이젠 모두 잊었다 했었는데

스치는 바람 소리에 두리번거리네

그 사람은 벌써 날 잊었을 텐데

허공에 맴돌던 추억이 생각나

혼자라는 사실이 아무리 외롭기로

잊은 줄 알았는데 눈시울 적시네

123. 달이 걸린 날

어둠이 별빛 달빛을 감싸안을 때

사랑을 처음 시작했었지

동공을 채우는 너의 모습은

달콤한 사랑으로 내 곁을 맴돌았어
행복한 사랑으로 내 곁을 맴돌았어

가을 잎 진 나무에 달이 걸린 날

가슴 훑는 이별이 올 줄 몰랐네

고통으로 울먹이는 가슴은
슬픔으로 거부하는 마음은

짧은 이별의 시간 서러움 못 견뎌

정처 없이 밤길을 걷기만 했네

124. 첫 사랑 여인

어둠은 고요한 적막을 부르고

가로등만 밝은 텅 빈 도로엔

차라리 싸늘한 외로움이 흐르네

생에 처음으로 사랑한 여인아

가슴에 피는 그리움 모두 모아

태우고 태우고 또 태웠네
사르고 사르고 또 살랐네

뜨거운 사랑이 너에겐 죄가 되었나
정열의 사랑이 너에겐 부담-이었나

첫 사랑에 울며 미련 떠는 건

전설 같이 먼 옛 이야기 같지만

아쉬운 미련이 눈물 적시네

125. 만나던 찻집

그리운 사람은 멀리 떠나갔지만

우연히 길에서 만날 수 있단 기대는

처음부터 생각하지도 않았어

길이 달라 두리번거렸을 뿐이야

우리 만-나던 찻집을 지났지만
너와 잘 가던 찻집을 지났지만

네가 생각나서 간 건 절대 아냐
추억 그리워서 간 건 절대 아냐

유행가 이별 노래 끝자락에 나오는

울면서 하는 추억 찾긴 유치하잖아

하지만 그래도 널 용서할 거야

맴도는 그리움은 그냥 둘 거야

126. 기억해 주세요

길이 다른 인연을 그땐 슬퍼했지만

그대 아픔마저도 간직하고 싶어요

잔잔히 흐르는 냇물을 마다하고

물결 거친 곳으로 가는 종이배처럼

우리 사랑 힘들게 흘러왔어도

뜨거웠던 사랑 잊을 순 없어요
그리웠던 시간 잊을 순 없어요

그리움 필 땐 많이 아프겠지만
보고픔 일 땐 많이 슬프겠지만

그리움 다 타 하얀 재가 될 때까진

머물지 못한 사랑 기억해 주세요

127. 한 사람쯤

사람들은 사랑을 왜 하는 걸까

있는 정 없는 정 뜨겁게 살아가며
고운 정 미운 정 눈물로 적셔가며

밤마다 그리움에 쫓겨 잠 설치고
밤마다 보고픔에 밀려 맘 설레고

꿈결마저 아쉬워 서럽게 울면서도

우리만은 이별 슬픔이 없을 거라는

기도 같은 기원을 해야 하는데

그래도 사랑은 해야 하는 걸까

하지만 잊을 수 없는 한 사람쯤

울면서 그리워해도 되는 거 아닐까

128. 카페의 음악

카페의 음악은 늘 잔잔하지만

갑자기 눈시울 적시는 때 있어요

키 높은 컵에 반쯤 담긴 물

그대 얼굴이 비치듯 떠오르면

닦을 새 없이 눈물이 흘러요
닦을 새 없이 눈시울 젖어요

무슨 이야기든 웃으며 들어 줄 땐
무슨 이야기든 들으며 웃어 줄 땐

속 깊은 그대 사랑인 줄 모르고

그 모습이 왜 바보처럼 보였을까
그 모습을 왜 모자라게 느꼈을까

그대 웃는 모습 사랑으로 그리운데

다시 내 이야길 들어 줄 순 없나요

129. 너만큼 그리울까

약속도 없는 카페에 홀로 앉아

올 사람 있는 듯 문만 바라보다

허전함이 지겨울 때 돌아왔네

낙엽 진 나무는 슬프게 외롭고

거리의 쓸쓸함은 나만큼 심각하네
거리의 갈바람은 나만큼 쓸쓸하네

생김이 다르듯 생각도 다르겠지만
생각이 다르듯 마음도 다르겠지만

영혼이 교감하는 사랑마저 다른가

아아 흘러간 추억이 그립기로

숨결 뜨거웠던 너만큼 그리울까

130. 다음 정류장

너와 내가 나누었던 비밀한 눈빛

내뿜는 하얀 입김도 그리움이었잖아

하얗게 김서린 차창에 무언가 쓰며

날 보고 큰 소리로 외쳐댔지만

버스 떠날 땐 눈물을 글썽이던 너

내 가슴 미어지는 소리 들렸을 거야

네가 아무리 날 미워하려 해도

내가 널 사랑하는 한 미워지지 않아

다시 날 또 때려주고 싶으면

다음 정류장에 내려서 날 기다려

131. 찻집에서

떠나는 사람 이유 묻지 않겠지만

남는 사람의 이유 그리움인가요

그대 가슴에 꽃으로 피어나고
그대 가슴에 향으로 번져가고

노래 되어 귓가에 흐르고 싶었는데

세월 흘러 기억에서 희미해지면
세월 흘러 추억들이 희미해지면

언젠가 본 듯한 아는 듯한 얼굴로

잠시 멈췄다 가던 길 가버리는

어색하게 피하는 사람이 되는가요

아아 꿈마저 조각내는 찻집에서
아아 꿈마저 흩어지는 찻집에서

조금만 조금만 울게요

132. 반길 이 없어

산방을 지나면 이끼 낀 오솔길

철없는 사미승은 저녁종도 잊었나
철없는 사미승은 공양종도 잊었나

산사의 종소리 울릴 때 건 손가락

기약은 소리 따라 어디로 갔을까

가슴 아린 상처만 남겨 놓은 채

그대는 진정 무엇을 원했기에

내 가슴의 촛불을 꺼 버렸나요

그리움 못 이겨 다시 찾아-왔는데
미련을 못 잊어 울며 다시 왔는데

돌아가 닿을 곳도 반길 이 없어

비 내리는 산사에서 비만 맞고 있어요

133. 노래하자 춤추자

모두 모두 모여라 우리 모두 차차차

노래-하고 춤추자 모두 모두 모여라
가슴 펴라 내숭도 모두 모두 던져라

아픈 상처 슬픈 마음 모두 털어버리고
아픈 상처 미운 마음 전부 날려버리고

어깨는 들썩 들썩 허리는 꼬아가며
어깨를 흔들-어라 허리는 비틀어라

사교-댄스 트위스트 개다-리 막춤
하나 되어 덩실덩실 모두 다 함께

다리는 미끌 미끌 마주보고 웃으면서
다리는 미끌 미끌 다가서서 웃으면서

노래하자 춤추자 신명나게 놀아보자
노래하며 흔들자 춤추면서 웃어보자

룰루랄라 룰루랄라 차차차 차차차

룰루랄라 룰루랄라 차차차 차차차(후렴)

134. 파란 신호등

사랑하는 맘은 파란 신호등이고

그리움 신호등도 파란색이 켜 있지

네 마음도 파란 등이 켜 있을 거야

내가 걸어 울리는 전화벨

파란 등이 울려주는 그리운 외침
파란 등이 알려주는 사랑의 신호

널 보고 싶단 간절한 기도소리
널 보고 싶단 애절한 기도소리

잘려나간 가로수 가지 같은 그리움은

우리가 다시 만날 약속도 잊은 채

전화기 잡은 손에 땀만 흘리네

135. 사랑 찾아

사랑에 영원한 주인은 없는 거야

거울 앞의 화려한 옷차림의 여인도

언젠간 새 옷을 찾아 나서지

사랑은 사랑을 만나 사랑도-하지만
사랑은 사랑을 만나 행복도 주지만

사랑은 사랑 찾아 떠나기도 해
사랑은 사랑-땜에 슬프기도 해

하지만 우리에겐 애틋한 정이 있고

가슴에 젖어든 그리움이 있잖아

넌 더 좋은 사랑 찾아 떠났겠지만

난 사랑한 너의 숨결 간직하는 한

언제나 여기서 기다릴 거야

136. 끊긴 사랑

부쳤다 다시 돌아온 편지처럼

시작했던 그 때로 돌아가야 하나요

목마른 사랑을 뜨겁게 꽃 피우다

시들지 않은 사랑을 중간에 멈추면

조그만 배라도 타고 끝없이 가고 싶던

마음을 돌리기가 얼마나 아쉬워요

세월이 흐르면 잊혀야 지겠지만
세월에 묻히면 지워야 지겠지만

속 떨리는 그리움 끝자락에서
속 떨리는 아쉬움 끝자락에서

끊긴 사랑 맴돌아 눈시울 젖으면

미련 잡고 슬피 울어야 하나요

137. 영원한 섬

석양이 돌아서면 밀려오는 어둠이

파란 바다 위를 까맣게 덮으면

그대 있었기에 빛났던 모든 것이

가려져 안타까움 일지만

어둠에 아픈 건 아쉬움이 아니라

세상이 만든 금지된 선을 넘어

돌아서기엔 너무 아쉬운 사랑입니다

우린 다시 사랑을 맺을 순 없겠지만

그대의 영원한 섬으로 남고 싶어요

138. 행복인 거야

어딘가 우는 사람이 있겠지만

슬픔이 좋아 우는 건 아닐 거야

어딘가 웃는 사람도 있겠지만

슬픔이 없다고 일부러 웃는 건 아냐

하지만 울기 전엔 즐거움 있었고
하지만 울기 전엔 기쁨도 있었고

웃기 전엔 아픈 상처도 있었어
웃기 전엔 슬픈 눈물도 있었어

지겹다 권태롭다 투덜대지 마
세상사 재미없다 투덜대지 마

아무 일없이 무난한 날들

그게 바로 행복인 거야

139. 바람개비

바람개비가 쉬지 않고 돌아가는 건

어디선가 바람이 불어오기 때문이고

눈시울 적시고 또 적시는 건
눈물을 흘리고 또 흘리는 건

보고 싶은 사람이 눈에 없어서겠지

내 옆에 불현듯 나타날 것 같은

아아 생각만 해도 좋은 사람아
아아 그리움 끝도 없는 사람아

속삭이는 목소리가 들리는 듯한데

네 목소릴 다시 들을 순 있을까

아직은 그리움이 생생하게 피어

다 탈 때까진 애달프게 널 찾겠지

140. 간 밤 흔적들

낙엽이 수직으로 맴돌며 맺은
낙엽이 낙하하며 눈물로 엮은

전설 같은 사랑이야긴 아니지만

꺼내 둔 겨울 코트 옆에서

한 잔의 커피처럼 한계된 시간에

달콤한 행복에 젖던 간 밤 흔적들
사랑의 행복에 겹던 간 밤 흔적들

그리움이 녹아들면 오히려 고독해
그리움에 젖어들면 오히려 쓸쓸해

피어난 안개 속에 외로움을 마시네

동녘에 붉게 움트는 새벽의 여명에

그리운 그대 위해 두 손을 모으네

141. 연애박사

눈 오는 저녁 친구 만나기 좋은 날

반가운 만남에 술 한 잔씩 돌아가니

연애타령 사랑타령 잘도 아는 녀석이
이별타령 눈물타령 잘도 아는 녀석이

여자 친구 하나 없는 언제나 외톨이

헤어질 땐 처진 어깨 외로워 보여
돌아갈 땐 취한 모습 쓸쓸해 보여

술 한 잔 한 김에 은근 슬쩍 물어보니
한 잔 술 한 김에 어깨 치며 물어보니

이별이 두려워 연애를 못 한다네

술 한 잔 한 김에 은근 슬쩍 물어보니(후렴)

이별이 두려워 연애를 못 한다네(후렴)

142. 너는 아는가

창을 열면 넌 내가 보이겠지만

밖에 있는 난 널 볼 수가 없어

네 마음이 내게서 멀리 떠났기에
네 사랑이 내게서 멀리 떠났기에

빈 가슴엔 네 그리움 생생히 피어

추억을 뜨겁게 불어 흘려주지만

그리움 못 이겨 울먹이는 가슴을
보고픔 못 이겨 안타까운 가슴을

여인아 너는 아는가

봄바람 살랑이며 목련꽃잎 떨구는데

아아 밤하늘에 별이 없어도 눈물이

143. 외로운 걸까

홀로 태어났기에 외로운 걸까

외로움이 두려워 발버둥치는 건
외로움이 싫어서 몸부림치는 건

그래서였을까

가슴에 열병 앓는 불면의 고통은

그래서 그리움에 흐느끼는 걸까
그래서 그리움을 끌어안는 걸까

잘못된 인연을 모르고 맺은 사랑

아아 슬픈 여인이여

몸 한 번 바로 세우지 못했지만

외롭지 않고 하는 사랑이 어디 있던가

어떤 사랑이든 잊으려면 가슴 아프겠지

144. 외로움

소리 없이 내리는 가랑비

밤새도록 내리려나 날은 저문데

울고 싶단 친구와 한 잔 술 마시며
보고 싶단 친구와 한 잔 술 마시며

헤어진 슬픈 사랑을 함께 울었네

행복했지만 그리움은 힘들었다며

차라리 시작도 안 한 내가 낫다고

친구는 말하며 눈물을 흘렸는데

헤어져 오는 길 난 왜 외로울까
보내고 오는 길 난 왜 허전할까

헤어져 오는 길 난 왜 외로울까(후렴)

145. 슬플 거예요

당신 향한 그리움 강물이 되어

흐르고 흘러 당신 강과 맞닿으면

여자의 정은 꽃을 피울 수 있지만

부끄러워 몰래 숨어 그리워하기로

정말 몰라서 모른 척 하시나요

언제나 당신은 내 곁에 맴돌고

그리운 건 당신 정 당신 사랑뿐인데

언제까지 모른 척 하실 건가요

떠난 다음 마음 알면 슬플 거예요

떠난 다음 마음 알면 슬플 거예요(후렴)

146. 미워서 울어요

비가 와서 슬픈 게 아니잖아요
비가 와서 우는 게 아니잖아요

가신 임 그리워 그리워 흐르는 눈물

가슴 저리게 아픈 사랑이었다며

가슴 떨려 망설이는 날 두고

돌아선 당신이 야속해 울어요
돌아선 당신이 미워서 울어요

맺지 못할 인연인 건 알고 있지만

사랑이 피는 걸 어떻게 막아요

사랑이 피는 걸 어떻게 피해요

아아 울고 싶은 사람아

아아 울고 싶은 사람아(후렴)

147. 지쳐가는 밤

계절이 가고 오는 아쉬움 속에

해는 지고 어둠은 고여만 가는데

그대 눈빛 닮은 별이 잠들어도
그대 모습 닮은 달이 잠들어도

그리워 보고 싶단 이유만으로

까만 어둠을 하얗게 밀어내며

그대 향한 갈망으로 지쳐가는 밤

닦지 않아도 홀로 반짝이는 별처럼

사랑이 행복으로 반짝일 수 있다면

지금의 아픔은 사랑입니다

148. 내 마음 알잖아

너에게 사랑한다고 얼-마나 했을까
너에게 좋아한다고 몇 번을 했을까

모르긴 해도 기도처럼 했을 거야
모르긴 해도 염불처럼 했을 거야

우리 다툼은 또 얼마나 했을까

넌 알 거야 그 때마다 울었잖아

그렇다고 가겠단 거야

왜 그러는데 정말 가면 어떡해

정이 식어서 그런 거 아니잖아

가지 마 미워서 그런 게 아니라고

내 맘 알잖아 제발 이러지 마
내 맘 알면서 정말 이러지 마

내 맘 알잖아 제발 이러지 마(후렴)

149. 지는 노을

모든 것을 그대에게 주었기에

더 이상 줄 것 없는 빈 가슴엔

줄수록 넉넉해지는 그리움만 남았네

노을 자락 접고 어둠이 밀려오면
지는 노을 위에 저녁이 채색되면

머지않아 밤하늘에 뜨는 별 따라

가슴엔 그대가 살며시 찾아오네
가슴엔 그대가 꽃처럼 피어나네

그리움 모아 모아 가슴에 안으면

내 안엔 그대 사랑이 향기 피우고

행복은 내 곁에 맴도네

내 안엔 그대 사랑이 향기 피우고(후렴)

행복은 내 곁에 맴도네(후렴)

150. 갑자기 오실 땐

하루 종일 그대 오는 길목을 보기엔

햇볕이 너무 밝아 눈이 부셔요

문득 내가 그리워 갑자기 오실 땐

햇볕 좋은 날보다 비 오는 날 오세요

그대의 젖은 머리 그대의 지친 마음

내 품에 고이 안고 위로해 드릴께요

내가 기다린다는 생각보단

여기엔 행복이 있다고 생각하세요

언제나 그대의 행복이고 싶어요

151. 까만 눈동자

그대는 내 인생의 그리움입니다

새벽안개는 창가의 어둠을 씻고

열린 눈동자엔 그대 모습 어리는데
까만 눈동자엔 그대 모습 담기는데

난 그리움 안고 하염없이 가지만

어디가 그리움 끝인지 모르겠어요

우리가 나눈 사랑의 속삭임은

들리는 듯 귓가에 생생히 맴돌지만

사랑한다 사랑한다 말만 하고선

언제까지 당신바라기만 하라십니까

언제까지 당신바라기만 하라십니까(후렴)

152. 밤길

고개 떨구고 밤길을 걷고 걷는 건

오매불망 당신 생각나서가 아닙니다
떠나가신 당신 그리워서가 아닙니다

하염없이 내리는 하얀 눈 속을

정다운 사람과 마주 잡은 손 흔들며
사랑한 사람과 마주 잡은 손 흔들며

행복하게 걷는 꿈을 꾸는 거예요

하지만 당신이 자꾸 곁에 맴돌아

지우고 지우고 다시 지우다 보니

어둠이 깊어진 줄 몰랐을 뿐이지
어둠에 젖어든 줄 몰랐을 뿐이지

눈시울 떨린다고 우는 거 아니에요

153. 슬픈 눈빛

눈물 흐를 듯 애수 어린 눈빛은

물안개가 맺은 이슬을 연상케 했어
절절하게 슬픈 여인을 연상케 했어

여름 태양처럼 뜨겁지 않으면서

내 가슴을 남김없이 가져간 사람
내 마음을 남김없이 가져간 사람

겨울바람보다 따스한 봄바람이

나그네의 눌러 쓴 모자를 벗기듯

눈물 흘릴 듯 말 듯 슬픈 눈빛은

내 맘을 너에게 바칠 수밖에 없었어

내 맘을 너에게 바칠 수밖에 없었어

154. 쏟아지는 비

오던 길 갑자기 쏟아지는 비

피하려 턱밑까지 숨차하던

어제처럼 생생한 우리의 첫 만남

외롭고 쓸쓸했던 가슴 한 쪽에

사랑이란 촛불을 밝혀주면서

사랑으로 내 인생의 바람막이가 되고

비로소 사랑한다 말할 수 있을 때

나는 네가 안식할 수 있는 섬이 되고

넌 내가 사랑하는 꽃이 되었는데

왜 서럽게 울고 싶은지 모르겠어

155. 눈물을 지우면

우린 이렇게 헤어져야 하나요

이별은 언제나 기쁨보단 슬픔이

반가움 보단 야속함이 앞서지만

모진 아픔을 몸으로 막아서더라도

사랑할 수밖에 없었던 당신

사랑이 떠나서가 아니라 갈 길 다른

엇갈린 운명의 사람들이기에

이별의 아쉬움이 더 서러워지는 걸까
이별이 안타까워 더 애달파지는 걸까

이 슬픔 눈물로 눈물을 지우면

하나뿐인 술잔의 슬픔이 지워지려나

156. 봉오리

그댄 아름다운 사랑을 품기 위해

오랜 동안 홀로 봉오리로 있으면서

날 기다리기 위해 긴 시간

뒤척이는 불면의 밤을 보내셨나요

곱게 접어 예쁜 병에 고이 모신

한 치도 날지 못하는 종이학처럼

세상의 풍파는 아랑곳없이

오직 사랑을 위한 기다림이었나요

아아 여인이여

그댄 스스로가 사랑의 빛이었어요

157. 여린 정

그리움에 이유가 필요할까요

기다리는 사연은 있어야겠지만

굳이 그대가 다시 오진 말아요

흐르는 눈물을 어둠에 감추어도
젖어든 눈시울 뒤돌아 감추어도

그대에겐 보이지 않을 거예요

사랑받고 주는 게 쉽진 않겠지만

싫다고 뿌리-치며 떠난 사람을
싫다고 마음 변해 떠난 사람을

사랑하고 싶은 사람이 어딨겠어요
좋아하고 싶은 여인이 어딨겠어요

잘못된 만남으로 울었던 여린 정

가여워 추억 잠시 잡고 있는 거예요

158. 촛불 끄듯

낙엽이 지려면 바람 먼저 오기로

사랑이 피기 전에 이별 먼저 하는가
사랑을 하기 전에 미움 먼저 피던가

피던 사랑 꽃 꺾이는 아픈 고통을

미련함께 촛불 끄듯 잊을 수 잊을까
사랑함께 등불 끄듯 지울 수 있을까

하지만 뜨겁게 사랑했던 사람아

끊긴 속삭임 그리운 사랑 숨어 울어도

마음 걸어 멀리 보낸 넌 알 순 없지만
사랑 걸어 멀리 떠난 넌 볼 순 없지만

사랑한 만큼 아픈 건 너도 알겠지
그리운 만큼 슬픈 건 너도 알겠지

알면서 떠나간 무정한 사람아

159. 낙엽처럼

숲속의 새처럼 숨어하는 노래

가슴에 여운만 길게 남을 사랑
후회로 슬픔만 길게 남을 사람

머물지 못할 인연에 아파하면서

속삭이던 숨결은 뜨거웠어도

가릴 수밖에 없던 슬픈 사람아

그렇다고 아쉬움이 왜 없을까
그렇기로 그리움이 왜 없을까

가지 떠나 바람에 날린 낙엽처럼

이별 슬픔 가슴에 점점이 박히지만

아아 어둠 오면 잠들듯 잊어야겠지

160. 별과 나 사이

이별은 시간이 아무리 짧아도

눈물이 강처럼 흐르는 슬픔

별과 나 사이가 아무리 멀어도

내게서 마음 떠난 그대 마음은

별과 나 사이보다 아득하게 더 머네

갈바람에 낙엽은 흩어져 날리는데

이젠 그대 사랑을 받을 수도 없고

그대를 사랑할 수도 없는 지금

무심한 낙엽만 쌓이고 쌓이네

161. 숙려

우린 많이 살았고 많이 알지만

인생을 다 아는 완전한 사랑은 없어
사랑을 다 아는 절대의 사랑은 없어

사랑해도 사랑의 가신 피할 수 없잖아
사랑해도 사랑의 상천 받을 수 있잖아

그럴 때마다 이혼으로 헤어진다면

세상에 사랑이 무슨 의미 있을까
인생에 사랑이 무슨 필요 있을까

양보하고 이해하고 사랑으로 그립던

우리의 시작이 얼마나 행복했어

이젠 처음으로 다시 가긴 어렵겠지만

양보하고 이해하고 사랑으로 그리운

행복한 인생을 다시 생각하면 어떨까

162. 메시지

우리 소식 끊은 지 오래 됐지

지난 번 다툼은 그만 잊기로 해

생각이 다를 뿐 누구의 잘못도 없어

잘했다고 상 주는 사람도 없잖아

사랑을 위한 사랑 다툼이었어

태양 하나가 모든 생명을 살리듯

하나로도 만족하고 남는 너였어

희망 안고 찾아오는 내일처럼

기다릴게 맘 풀리면 연락해

163. 사랑의 서약

네가 내 인생의 일부가 되어주고

내가 네 가슴에 들도록 허락하며

내 일상 감정에 조화로움을 주고

내게 사랑을 주며 사랑을 속삭여 준

너에게 내 진심을 다한 맘으로

가슴엔 언제나 그리움을 피우며

눈엔 항상 네 모습 간직하고

벗으로 사랑으로 네 곁에 다가가서

영원한 사랑을 너에게 바칠 거야

164. 기다려 주세요

너무 조급하게 서둘지 마세요

내게서 사랑한단 확실한 맘을

확인하고 싶은 심정은 알겠지만

재촉한다고 되는 일 아니잖아요

몰랐던 그대와 가깝게 지내는 것이

얼마나 안락하고 말처럼 편안한지

사랑은 얼마나 편안하게 할 수 있고

어느 날 갑자기 떠날 사람은 아닌지

알 때까진 기다려 주세요

165. 떠나고 나면

안-녕이란 슬픈 인사는 하지 마
잘 있으란 이별 인사는 하지 마

네가 마음 거두어 떠나고 나면

내 가슴 그리운 아픔은 어떡해
내 가슴 아쉬운 미련은 어떡해

외롭고 침침해 어둡던 내 가슴에

넌 사랑의 초에 불을 붙여 주었고

네 사랑은 인생의 버팀목이 되었는데

땅을 밟는 세상 어느 곳에서도

너와 함께 할 수 없다면 너무 슬퍼

생각만 해도 가슴 벌써 우는데

긴 밤 긴 그리움은 나 홀로 어떡해

긴 밤 긴 그리움은 나 홀로 어떡해(후렴)

166. 사랑했는데

사랑했는데 정말 사랑했는데

내 마음 열어 보여주고 싶도록

가슴 깊은 곳에서 널 사랑했는데

따뜻했던 숨결은 느낄 수 없고

온화했던 눈빛은 냉정해졌구나

우리가 거친 세상을 살면서
우리가 거친 세파에 맞서서

어떤 고난도 함께 헤쳐 나가는
어떤 역경도 함께 열고 나가는

두 사람의 믿음이 사랑인 거야

희락만이 아닌 거나 알고 가

167. 안 믿어

오가며 혹시나 만나지 않을까
다니던 길에서 만나지 않을까

만나던 그 카페 많이도 갔었어
오가던 그 길을 많이도 헤맸어

한 때는 네가 못 견디게 그리워
한 때는 나도 긴 어둠을 지새며

서럽게 울기도 했었어
아프게 그리워 했었어

이젠 너 없는 게 일상이-었는데
이젠 긴 고통 다 지났다 했는데

갑자기 만나고 싶었단 네 전화는
흘러간 세월이 그립단 네 전화는

가슴 엉켜서 어지러워

하지만 네 약속 다신 안 믿어

하지만 네 약속 다신 안 믿어(후렴)

168. 창 넓은 찻집

비오는 거릴 무작정 걸었어

우산 없이 멈춘 창 넓은 찻집

비 맞은 모습처럼 마음 착잡했지만

없는 줄 알면서도 두리번거리면서

우리의 이별주가 꿈이길 바라고
우리의 헤어짐이 꿈이길 바라고

지나간 이별은 지워졌길 기대했어
흘러간 이별은 잊혀졌길 기대했어

우리 자리에 앉은 사람들

가슴 무너지는 소리 들릴지 몰라

아아 정말 보고 싶은데

아아 정말 보고 싶은데(후렴)

169. 이유 없이

문득 그대가 이유 없이 미워져요

무언가 아쉽고 부족하단 생각
공연히 외롭고 허전하단 마음

허무해서 한숨이 절로 나와요

사랑은 왜 항상 부족한 걸가
사랑은 왜 항상 아쉬운 걸가

사랑 전에 미움부터 피웠지만

끝없이 피는 욕망은

황혼녘에 스민 공허함 못 달래

한 밤의 가랑비 소리엔 못 참고

눈물이 하염없이 흘러내려요

눈물이 하염없이 흘러내려요(후렴)

170. 고독

도시의 창들이 하나 둘 불 밝히고

밤하늘에 성글게 별 뜨면

먼 길 온 사람처럼 쓸쓸해져
먼 길 온 외지처럼 외로워져

불 꺼진 아파트 창이 슬프네

첫 사랑 여인의 기억 가물거리고

거울에 비친 얼굴엔 세월이 깊게 패어

내가 아닌 듯한 날 인정하는 서글픔

세월이 후루룩 가버린 무상함에

갈바람 속을 하염없이 걸었네

171. 눈물의 이유

멀리 섬처럼 떠 있던 배 사라지고

작은 별빛만 나를 보고 있는데

그리움이 이유 없이 슬프게 해요

일기장엔 숱한 말을 했지만

벼르고 벼르다 사랑한다 했을 때

그댄 왜 눈시울을 적셨나요

그리운 사람은 그리운 이유가 있듯

거절하는 눈물의 이유도 있겠지만

난 그대 눈물이 더 야속해 울어요

172. 장난하지 마

사투리에 정이 간다고

눈동자도 예쁘다고 했잖아

이상하게 내 눈을 왜 자꾸 피해

우린 못 피운 그리움 아직 많잖아
우린 못 다한 이야기 아직 많잖아

추억 만들기 장난하지 마

너 떠나면 초라해지는 맘
너 없으면 서글퍼지는 맘

맴도는 그리움을 어쩌라고
맴도는 아쉬움을 어쩌라고

자꾸 먼 산만 바라보고 그래

173. 아픈 만큼

빈 잔이 마련된 이별의 시간이

우리에게도 올 수 있지 않을까

항상 서글픈 이별의 아픔이

왜 가슴에 맴도는지 모르겠어
왜 꿈에도 맴도는지 모르겠어

맺힌 봉우리 꽃 피우기 힘들면

아픈 만큼 깊은 향이 난다는데
아픈 만큼 깊은 사랑 핀다는데

못 견디게 그리운 불면의 밤들이

향 좋은 행복이 되길 바라는 맘으로

널 사랑하고 사랑하는데

174. 두 그림자

비가 와도 화려한 도시의 밤

오색등 아래서 사랑을 속삭였지

그리움이 흐르는 꼭 낀 손깍지
그리움을 나누던 꼭 낀 손깍지

지나치는 이에겐 비밀한 속삭임
스쳐가는 이들은 모르는 속삭임

눈빛의 언어는 말보다 진했지

한 잔의 커피처럼 한계 된 맛을

천천히 천천히 음미하며 마시듯

터지는 꽃망울의 고귀한 시간 속에

이 밤도 달빛 받는 사랑의 두 그림자

175. 또 만날까

차 한 잔 마시고 헤어지는

그저 그런 인연인 줄 알았는데
그저 그런 사람인 줄 알았는데

헤어지고 돌아서면 다시 생각나

언제 또 만날까 기다려지네

아닌 척 모른 척 해야 할 텐데

아아 난 몰라 맘이 왜 이래

어떡하나 보고 봐도 또 보고 싶은 맘

왜 자꾸 그리울까 부끄러운데
왜 자꾸 보고플까 부끄러운데

아아 가슴이 두근거려 못 견디겠네

아아 가슴이 두근거려 못 견디겠네(후렴)

176. 마지막 모습

바람을 막아서면 꽃 지지 않을까

떨어진 꽃잎에 눈물짓던 사람아

지는 꽃을 눈물로 슬퍼했던 건

우리의 이별-처럼 느껴져 그랬나요
엇갈린 우리 인연 아파서 그랬나요

꽃잎 떨군 가지에 애수 어리고
꽃잎 떨군 가지에 입술 깨물며

날 바라보는 눈에 어리던 눈물

아아 슬픈 마지막 당신 모습

이별의 눈물보다 진한 아픔입니다

177. 별들의 속삭임

비 오는 밤 칠흑같이 어두워도

난 언제나 네 모습 볼 수 있어

사람들은 호수 속 해만 보지만

우린 햇살의 따스함도 느꼈잖아

밤하늘 별들의 반짝임을 보면서
밤하늘 달무리 영롱함을 보면서

서로가 할 말은 왜 그리 많았던지

짧은 시간 진심-으로 사랑했어
짧은 시간 후회 없이 사랑했어

별들의 속삭임 같은 그리움

영원히 사랑으로 둘 거야

영원히 사랑으로 둘 거야(후렴)

178. 어쩌시려고

당신이 날 사랑하는 걸 알아요

스치는 눈빛엔 그리움이 담긴 걸

눈빛 보면 여자는 알 수 있어요

날 보는 눈에 사랑이 보이는데

왜 아닌 척 모른 척 하나요

여린 내 맘을 모두 가져가려고
여린 내 사랑 모두 가져가려고

내 가슴 애태우는지 모르겠지만

내 마음 떠-나면 어쩌시려고
꽃-처럼 잎 지면 어쩌시려고

날 이렇게 기다리게 하나요

날 이렇게 기다리게 하나요(후렴)

179. 날아와 줘

네가 보고 싶은 날 밤이면

꿈에 아름다운 새가 품에 날아들어

가고 없는 널 더 생각나게 하네

그리울 때 함께하던 차 한 잔
보고플 때 마주하던 차 한 잔

행복하고 즐거운 만남이었잖아
달콤하고 정겨운 만남이었잖아

너의 사랑 없는 내 인생도

내 사랑 없는 너의 인생도

행복이 피어나는 삶은 아닌 것 같아

예쁜 새처럼 내게 다시 날아와 줘

180. 짚시맨

길을 따라 달려-라 구름 따라 달려라
무지-개가 피는 곳 바람 따라 달려라

캠핑카에 꿈을 싣고 인생을 싣고
캠핑카에 꿈을 싣고 희망을 싣고

마음 닿는 데로 사랑 찾아 루루루루
눈길 가는 데로 사랑 찾아 루루루루

녹음 우거진 좁다란 산길도 오르고
들꽃 예쁘게 피어난 들판도 달리고

새파-란 하늘이 빠져 있는 호수를 지나
맑은 물 흐르는 계곡-에선 명상도 하고

파도가 출렁이는 바다가 있는 곳까지
파도가 넘실대는 바다엔 고기 낚으러

야야야야 바람 따라 달리는 나는 짚시맨
야야야야 구름 따라 달리는 나는 짚시맨

야야야야 구름 따라 달리는 나는 짚시맨(후렴)

대중가요 창작 서정 가사집

여울물 그리움
ⓒ이훈무, 2018

초판 1쇄 | 2018년 11월 22일

지 은 이 | 이훈무(010-5433-1625)
펴 낸 곳 | **시와정신**
주   소 | (34445) 대전광역시 대덕구 대전로1019번길 28-7
          신창회관 2층
전   화 | (042) 320-7845
전   송 | 0507-713-7314
홈페이지 | www.siwajeongsin.com
전자우편 | siwajeongsin@hanmail.net
편   집 | 정우석 010_9613_1010
공 급 처 | (주)북센 (031) 955-6777

ISBN 979-11-89282-05-9   03810

값 15,000원

· 이 책의 판권은 이훈무와 **시와정신**에 있습니다.
· 지은이와 협약에 의하여 인지를 생략합니다.
· 잘못된 책은 바꿔드립니다.